POÉSIES
de la Bse THÉRÈSE
DE L'ENFANT-JÉSUS

LA BIENHEUREUSE
THÉRÈSE DE L'ENFANT-JÉSUS

« *Vous avez été, Seigneur, l'objet de mes chants, dans le lieu de mon exil.* »

(Ps. CXVIII, 54.)

Poésies
de la Bienheureuse
Thérèse
de l'Enfant Jésus
et de la Ste Face

Permis d'imprimer : † THOMAS,

Evêque de Bayeux et Lisieux.

Bayeux, 25 mars 1913.

Prix de cette brochure : **3 fr.** ; *franco*, **3 fr. 30.**

En vente aux adresses suivantes :

OFFICE CENTRAL de la B^{se} THÉRÈSE

Lisieux (Calvados).

Dépôt à Paris, rue de Rennes (VIe).

Dépôt au Canada : **M. Goyer.**
90, avenue des Pins, ouest, **Montréal.**

IMPRIMERIE SAINT-PAUL

36, boulevard de la Banque, **Bar-le-Duc** (Meuse).

Dépôt à Paris : **Librairie Saint-Paul,**
6, rue Cassette (VIe).

PRÉFACE

On chante au Carmel, et l'on y compose des chants, depuis que sainte Thérèse fonda son premier monastère. La sainte, qui laissait volontiers la prose admirable de ses livres pour écrire son « *Cherche-toi en moi* », improvisait aussi des strophes qu'elle chantait et faisait chanter par ses filles. Elle leur écrivait pour les féliciter de leurs « *couplets charmants* ». Elle voulait que loin d'étouffer leur esprit, chacune se servît ainsi de ses talents littéraires : il n'y en aurait jamais trop, disait-elle, pour conserver et augmenter la sainte joie de charité, le plus cher trésor de famille. Alors, comme aujourd'hui, des poésies contribuaient à embellir les divers événements de la vie d'un Carmel : vêtures, professions, solennités liturgiques, récréations des jours de fête.

Il semble, du reste, qu'en s'élevant au-dessus des prosaïques asservissements de l'existence vulgaire, la Carmélite, dans la sphère idéale où elle s'enferme, travaille à faire de sa vie un divin poème : pour elle, chaque jour n'est qu'une strophe nouvelle qui s'ajoute à son acte d'amour. Il n'est donc pas étonnant que des poésies fleurissent comme naturellement dans son cloître. D'ordinaire, ces fleurs ne sortent pas du « *Jardin clos* » où elles ont germé ; et plus d'un esprit difficile trouvera que c'est le meilleur sort qui leur puisse advenir : que pourrait-il sortir du cloître, sinon des productions d'un mysticisme aride, plantes sans sève, sans couleur et sans parfum ?

Sœur Thérèse de l'Enfant-Jésus est là pour répondre. Carmélite à quinze ans, c'est au Carmel et pour le Carmel qu'elle a appris l'art des vers. Son recueil permet d'apprécier les fleurs du « *Jardin clos* ». On ne le parcourra point, sans être frappé de la culture d'esprit, de la délicatesse de goût, de la noblesse de sentiment qu'il révèle. Il donne une heureuse idée de la vie intellectuelle et littéraire dans les Carmels de notre époque ; il témoigne que ce n'est pas seulement l'âme, mais l'esprit qui s'embellit dans ces cloîtres. Même au point de vue humain, là se trouve, pour la femme, la haute vie : aucune affection pour la famille, pour la patrie, la belle nature, qui n'y soit conservée, mais affinée et sublimée.

Quant au genre des poèmes de Sœur Thérèse de l'Enfant-Jésus, ce que nous avons dit permet déjà de le supposer.

Ce sont, presque tous, des vers composés pour être chantés et, à ce titre, ils ont droit à une plus grande liberté de facture. Mais, même sans le concours du chant qui doit en compléter l'effet, ils ont cette première qualité des vers, d'être harmonieux et musicalement rythmés. Par eux-mêmes, ils chantent à l'oreille et dénotent chez leur auteur une « âme pleine de mélodies intérieures », *modulatione plena*, comme dit l'*Imitation*.

Les poésies de la jeune Carmélite ne sauraient comporter, sans déplaire, rien qui sentît l'apprêt ni la recherche, rien même de trop étudié. Leur principale grâce est d'allier la simplicité à la distinction de la forme, l'ingénuité à l'élévation de la pensée.

Il est des littérateurs de profession qui, pour donner à leurs poésies un trait plus puissant, un relief plus intense, cisèlent et burinent leurs vers avec un labeur infini, comme on grave un onyx en camée. Ce ne sont pas des camées savamment ouvragés que présente la jeune vierge ; ce sont des fleurs écloses un jour de printemps, et souplement nouées en bouquets ou en guirlandes.

A toute son œuvre poétique, on pourrait appliquer ce qu'elle disait elle-même, dans un sens plus relevé : « APRÈS MA MORT, JE FERAI TOMBER UNE PLUIE DE ROSES. » Ses vers tombent sans compter, comme une pluie de pétales, frais, légers, délicatement colorés, doucement imprégnés d'un parfum exquis. Ils ne sont pas de marbre ou d'onyx comme les sonnets des impersonnels Parnassiens ; ce sont des productions de la vie. Virginal bouton de rose éclos au soleil de l'amour divin, Sœur Thérèse est elle-même, comme le dit une de ses poésies, *la rose qui s'effeuille.* Sa poésie, c'est elle.

On l'a justement fait observer : « *Soit qu'elle raconte en prose l'histoire de son enfance et de sa vocation, soit qu'elle chante en vers ravissants l'amour de Dieu, le ciel, l'Eucharistie, Thérèse est constamment poète et poète du meilleur aloi.* » Aussi, dans son admirable HISTOIRE D'UNE AME, trouve-t-on des pages « *égales à tout ce qu'on peut lire de plus brillant, de plus chaud, de plus élevé, de plus sobrement riche dans notre belle et limpide langue française* ».

Sans doute, dans cette Histoire intime écrite par obéissance, Thérèse est plus complètement elle-même que dans les Poésies : elle y ouvre le plus secret sanctuaire de son âme, tandis que, dans les poèmes, l'âme transparaît seulement selon la mesure discrète où elle pouvait se révéler à son entourage.

Mais, une fois initié par l'Histoire, on retrouve, dans les poésies, Sœur Thérèse tout entière. C'est la même gracieuse candeur d'enfant, avec un sens étonnamment profond des choses spirituelles. C'est le même abandon total au Bien-Aimé divin avec d'incessantes initiatives pour le « *prendre* »; c'est la même tranquillité de contemplation séraphique avec d'immenses désirs d'apostolat auprès des infidèles et des pécheurs ; c'est le même détachement complet d'elle-même avec une affectueuse tendresse pour sa famille ; mais surtout, c'est un amour pour Dieu « *devenu un abîme dont elle ne peut sonder la profondeur* ».

Elle a désiré « *aimer Dieu comme il n'a jamais été aimé* ». De fait, elle l'a aimé d'une manière qui n'était celle de personne. Ses poésies font partie de cette façon d'aimer. *Petite Reine* splendidement douée de toutes les qualités de la grâce et de la nature, ce n'était pas assez pour elle de raconter son amour, il lui fallait encore le chanter !

Céline a compris que ce trait achevait la physionomie morale de Thérèse, quand elle l'a si heureusement peinte, serrant d'une main l'Evangile sur sa poitrine, et de l'autre faisant frémir une harpe. Les cordes de cette harpe, ce sont les fibres de son âme qui vibraient harmonieusement des paroles divines ; comme Cécile, vierge mélodieuse, elle avait un cœur qui chantait, *decantabat in corde!*

Son cœur chantait dans l'effusion de la joie spirituelle, comme chante le rossignol dans l'épanouissement de mai fleuri ; son cœur chantait dans la dure contrainte de l'épreuve, comme chante la source cristalline parmi les roches de l'âpre ravin.

N'est-elle pas aussi admirable que touchante quand, déjà aux prises avec la dernière maladie, épuisée par la souffrance de l'âme comme par celle du corps, elle passe sa nuit d'insomnie à composer une strophe qui sera chantée le matin, alors qu'on lui apportera la sainte Eucharistie ? Son âme était alors, depuis des mois, comme submergée dans un océan ténébreux, où les lumières du ciel ne lui parvenaient plus ; mais, comme il est dit au Cantique, « *les grandes eaux ne peuvent éteindre l'Amour* ». Son cœur chantait, triomphant dans ce martyre spirituel plus sensible pour elle que tout autre, et précisément voulu par Dieu comme suprême épreuve d'amour.

« *A tout prix*, avait-elle écrit à sa maternelle Pauline, *je veux cueillir la palme d'Agnès : si ce n'est par le sang, il faut que ce soit par l'amour !* » Agnès n'aura-t-elle pas pu lui tendre la palme, comme à une sœur ?

On l'a dit : « *Par certains côtés, Sœur Thérèse rappelle la jeune martyre de Rome.* » Et de fait, on admire de part et d'autre une précoce éclosion de tout ce qu'il peut y avoir de plus ingénument tendre et de plus énergiquement fort dans un cœur virginal épris du tout Aimable.

Sainte Agnès, dans l'élan de son âme, va d'elle-même, à douze ans, s'offrir au martyre ; la jeune Thérèse, dans son ardeur candide, n'hésite pas à venir jusqu'à Rome s'adresser au Saint-Père en personne pour forcer, à quinze ans, les portes du Carmel qui refusent de s'ouvrir.

Sainte Agnès a été en quelque sorte la *Petite Reine* du VIe siècle, entourée, non seulement par les vierges, mais par les Ambroise et les Damase, d'un culte spécial d'admiration attendrie et enthousiaste. Sœur Thérèse n'est elle point à sa manière l'*Agnès* du XIXe siècle ? N'a-t-elle pas fait tressaillir de dévotion, en ravissant les esprits et les cœurs, non seulement les filles du cloître, mais jusqu'aux dignitaires de l'Eglise et aux apôtres des pays lointains ?

Pourquoi cela ? Sinon parce que Thérèse a su faire vibrer, avec un accent nouveau, ces deux mots d'Agnès qui furent toute sa poésie : AMO CHRISTUM ! J'AIME JÉSUS !

Fl. JUBARU, *S. J.*

Mai 1907.

Mon Chant d'aujourd'hui

Air : *Dieu de paix et d'amour.*

Ma vie est un instant, une heure passagère,
Ma vie est un moment qui m'échappe et qui fuit.
Tu le sais, ô mon Dieu, pour t'aimer sur la terre,
Je n'ai rien qu'aujourd'hui !

Oh ! Je t'aime Jésus, vers toi mon âme aspire...
Pour un jour seulement, reste mon doux appui ;
Viens régner dans mon cœur, donne-moi ton sourire,
Rien que pour aujourd'hui !

Que m'importe, Seigneur, si l'avenir est sombre !
Te prier pour demain, oh ! non, je ne le puis...
Conserve mon cœur pur, couvre-moi de ton ombre,
Rien que pour aujourd'hui !

Si je songe à demain, je crains mon inconstance,
Je sens naître en mon cœur la tristesse et l'ennui ;
Mais je veux bien, mon Dieu, l'épreuve, la souffrance,
Rien que pour aujourd'hui !

Je dois te voir bientôt sur la rive éternelle,
O Pilote divin, dont la main me conduit !
Sur les flots orageux guide en paix ma nacelle,
Rien que pour aujourd'hui !

Ah ! laisse-moi, Seigneur, me cacher en ta Face ;
Là je n'entendrai plus du monde le vain bruit.
Donne-moi ton amour, conserve-moi ta grâce,
Rien que pour aujourd'hui !

Près de ton Cœur divin, oubliant ce qui passe,
Je ne redoute plus les traits de l'ennemi.
Ah ! donne-moi, Jésus, dans ton Cœur une place,
Rien que pour aujourd'hui !

Pain vivant, Pain du ciel, divine Eucharistie,
O mystère touchant que l'amour a produit !
Viens habiter mon cœur, Jésus, ma blanche Hostie,
Rien que pour aujourd'hui !

Daigne m'unir à toi, Vigne sainte et sacrée,
Et mon faible rameau te donnera son fruit,
Et je pourrai t'offrir une grappe dorée,
Seigneur, dès aujourd'hui.

Cette grappe d'amour dont les grains sont les âmes,
Je n'ai pour la former que ce jour qui s'enfuit...
Oh ! donne-moi, Jésus, d'un apôtre les flammes,
Rien que pour aujourd'hui !

O Vierge Immaculée ! O toi la douce Etoile
Qui rayonne Jésus et qui m'unit à Lui,
O Mère ! laisse-moi me cacher sous ton voile,
Rien que pour aujourd'hui !

O mon Ange gardien, couvre-moi de ton aile,
Eclaire de tes feux ma route, ô doux ami !
Viens diriger mes pas, aide-moi, je t'appelle,
Rien que pour aujourd'hui !

Je veux voir mon Jésus, sans voile, sans nuage,
Cependant ici-bas je suis bien près de Lui...
Il ne sera caché son aimable Visage
Rien que pour aujourd'hui !

Je volerai bientôt pour dire ses louanges,
Quand le jour sans couchant sur mon âme aura lui ;
Alors je chanterai sur la lyre des anges
L'Éternel aujourd'hui !

Juin 1894.

Vivre d'amour !

Air du cantique : *Il est à moi !*

Au soir d'amour, parlant sans parabole,
Jésus disait : « *Si quelqu'un veut m'aimer,*
« *Fidèlement qu'il garde ma parole,*
« *Mon Père et moi viendrons le visiter ;*
« *Et, de son cœur, faisant notre demeure,*
« *Notre palais, notre vivant séjour,*
« *Rempli de paix, nous voulons qu'il demeure*
« *En notre amour.* »

Vivre d'amour, c'est te garder toi-même,
Verbe increé ! Parole de mon Dieu !
Ah ! tu le sais, divin Jésus, je t'aime !
L'Esprit d'amour m'embrase de son feu.

C'est en t'aimant que j'attire le Père,
Mon faible cœur le garde sans retour ;
O Trinité ! vous êtes prisonnière
De mon amour.

Vivre d'amour, c'est vivre de ta vie,
Roi glorieux, délices des élus !
Tu vis pour moi caché dans une hostie...
Je veux pour toi me cacher, ô Jésus !
A des amants il faut la solitude,
Un cœur à cœur qui dure nuit et jour ;
Ton seul regard fait ma béatitude,
Je vis d'amour !

Vivre d'amour, ce n'est pas sur la terre
Fixer sa tente au sommet du Thabor ;
Avec Jésus, c'est gravir le Calvaire,
C'est regarder la croix comme un trésor !
Au ciel, je dois vivre de jouissance,
Alors l'épreuve aura fui sans retour :
Mais, ici-bas, je veux dans la souffrance
Vivre d'amour !

Vivre d'amour, c'est donner sans mesure,
Sans réclamer de salaire ici-bas ;
Ah ! sans compter je donne, étant bien sûre
Que lorsqu'on aime on ne calcule pas.
Au Cœur divin, débordant de tendresse,
J'ai tout donné ! légèrement je cours...
Je n'ai plus rien que ma seule richesse :
Vivre d'amour !

Vivre d'amour, c'est bannir toute crainte,
Tout souvenir des fautes du passé.
De mes péchés je ne vois nulle empreinte,
Au feu divin chacun s'est effacé.
Flamme sacrée, ô très douce fournaise,
En ton foyer je fixe mon séjour ;
Jésus, c'est là que je chante à mon aise :
Je vis d'amour !

Vivre d'amour, c'est garder en soi-même
Un grand trésor en un vase mortel.
Mon Bien-Aimé ! ma faiblesse est extrême !
Ah ! je suis loin d'être un ange du ciel.
Mais, si je tombe à chaque heure qui passe,
Me relevant, m'embrassant tour à tour,
Tu viens à moi, tu me donnes ta grâce,
Je vis d'amour !

Vivre d'amour, c'est naviguer sans cesse,
Semant la joie et la paix dans les cœurs ;
Pilote aimé ! la charité me presse,
Car je te vois dans les âmes, mes sœurs.
La charité, voilà ma seule étoile ;
A sa clarté, je vogue sans détour ;
J'ai ma devise écrite sur ma voile :
« Vivre d'amour ! »

Vivre d'amour, lorsque Jésus sommeille,
C'est le repos sur les flots orageux,
Oh ! ne crains pas, Seigneur, que je t'éveille,
J'attends en paix le rivage des cieux...

La Foi bientôt déchirera son voile,
Et mon Espoir ne comptera qu'un jour;
La Charité gonfle et pousse ma voile,
Je vis d'amour !

Vivre d'amour, c'est, ô mon divin Maître !
Te supplier de répandre tes feux
En l'âme élue et sainte de ton prêtre ;
Qu'il soit plus pur qu'un séraphin des cieux !
Protège-la ton Eglise immortelle,
Je t'en conjure à chaque instant du jour.
Moi, son enfant, je m'immole pour elle,
Je vis d'amour !

Vivre d'amour, c'est essuyer ta Face,
C'est obtenir des pécheurs le pardon.
O Dieu d'amour ! qu'ils rentrent dans ta grâce,
Et qu'à jamais ils bénissent ton nom !
Jusqu'à mon cœur retentit le blasphème ;
Pour l'effacer je redis chaque jour :
O Nom sacré ! je t'adore et je t'aime,
Je vis d'amour !

Vivre d'amour, c'est imiter Marie
Baignant de pleurs, de parfums précieux
Tes pieds divins, qu'elle baise ravie,
Les essuyant avec ses longs cheveux ;
Puis, se levant dans une sainte audace,
Ton doux Visage elle embaume à son tour :
Moi, le parfum dont j'embaume ta Face,
C'est mon amour !

« Vivre d'amour, quelle étrange folie !
Me dit le monde, ah ! cessez de chanter ;
Ne perdez pas vos parfums, votre vie ;
Utilement, sachez les employer ! »
— T'aimer Jésus, quelle perte féconde !
Tous mes parfums sont à toi sans retour.
Je veux chanter en sortant de ce monde :
Je meurs d'amour !

Mourir d'amour, c'est un bien doux martyre,
Et c'est celui que je voudrais souffrir.
O chérubins ! accordez votre lyre,
Car, je le sens, mon exil va finir...
Dard enflammé, consume-moi sans trêve,
Blesse mon cœur en ce triste séjour.
Divin Jésus, réalise mon rêve :
Mourir d'amour !

Mourir d'amour, voilà mon espérance !
Quand je verrai se briser mes liens,
Mon Dieu sera ma grande récompense ;
Je ne veux point posséder d'autres biens.
De son amour je suis passionnée ;
Qu'il vienne enfin m'embraser sans retour !
Voilà mon ciel, voilà ma destinée :
VIVRE D'AMOUR !...

25 février 1895.

Cantique à la Sainte Face

Air : *Les regrets de Mignon.* (F. Boissière.)

Jésus ton ineffable image
Est l'astre qui conduit mes pas ;
Tu le sais bien, ton doux visage
Est pour moi le ciel ici-bas !
Mon amour découvre les charmes
De tes yeux embellis de pleurs.
Je souris à travers mes larmes,
Quand je contemple tes douleurs.

Oh ! je veux pour te consoler
Vivre ignorée et solitaire ;

Ta beauté que tu sais voiler
Me découvre tout son mystère,
Et vers toi je voudrais voler !

Ta Face est ma seule patrie,
Elle est mon royaume d'amour ;
Elle est ma riante prairie,
Mon doux soleil de chaque jour ;
Elle est le lis de la vallée
Dont le parfum mystérieux
Console mon âme exilée,
Lui fait goûter la paix des cieux.

Elle est mon repos, ma douceur,
Et ma mélodieuse lyre...
Ton Visage, ô mon doux Sauveur,
Est le divin bouquet de myrrhe
Que je veux garder sur mon cœur !

Ta Face est ma seule richesse ;
Je ne demande rien de plus.
En elle, me cachant sans cesse,
Je te ressemblerai Jésus !
Laisse en moi la divine empreinte
De tes traits remplis de douceurs,
Et bientôt je deviendrai sainte,
Vers toi, j'attirerai les cœurs !

Afin que je puisse amasser
Une belle moisson dorée,
De tes feux daigne m'embraser !
Bientôt, de ta bouche adorée,
Donne-moi l'éternel baiser !

12 août 1895.

NOTA. — Certains airs profanes avaient été indiqués à la Bse Thérèse de l'Enfant-Jésus par sa cousine, Sœur Marie de l'Eucharistie, et elle s'était inspirée du rythme pour composer ses vers.

Jésus rappelle-toi !...

Air : *Rappelle-toi.*

Oh ! souviens-toi de la gloire du Père,
Rappelle-toi les divines splendeurs
Que tu quittas, t'exilant sur la terre,
Pour racheter tous les pauvres pécheurs.
O Jésus ! t'abaissant vers la Vierge Marie,
Tu voilas ta grandeur et ta gloire infinie.
De ce sein maternel
Qui fut ton second ciel,
Oh ! souviens-toi !

•

Rappelle-toi qu'au jour de ta naissance,
Quittant le ciel, les Anges ont chanté :
« A notre Dieu, gloire, honneur et puissance !
Et paix aux cœurs de bonne volonté ! »

Depuis dix-neuf cents ans, tu remplis ta promesse,
Seigneur, de tes enfants, la paix est la richesse :
Pour goûter à jamais
Ton ineffable paix,
Je viens à toi !

Je viens à toi, cache-moi dans tes langes,
En ton berceau je veux rester toujours !
Là, je pourrai, chantant avec les anges,
Te rappeler les fêtes de ces jours :
O Jésus ! souviens-toi des bergers et des mages
Qui t'offrirent, joyeux, leurs cœurs et leurs hommages ;
Du cortège innocent
Qui te donna son sang,
Oh ! souviens-toi !

Rappelle-toi que, les bras de Marie,
Tu préféras à ton trône royal ;
Petit enfant, pour soutenir ta vie,
Tu n'avais rien que le lait virginal !
A ce festin d'amour que te donne ta Mère,
Oh ! daigne m'inviter, Jésus, mon petit frère,
De ta petite sœur
Qui fit battre ton Cœur,
Oh ! souviens-toi !

Rappelle-toi que tu nommas ton père
L'humble Joseph, qui, par l'ordre du Ciel,
Sans t'éveiller sur le sein de ta Mère,
Sut t'arracher aux fureurs d'un mortel.

Verbe-Dieu, souviens-toi de ce mystère étrange :
Tu gardas le silence et fis parler un ange !
De ton lointain exil
Sur les rives du Nil,
Oh ! souviens-toi !

Rappelle-toi que, sur d'autres rivages,
Les astres d'or et la lune d'argent,
Que je contemple en l'azur sans nuages,
Ont réjoui, charmé tes yeux d'enfant.
De ta petite main qui caressait Marie,
Tu soutenais le monde et lui donnais la vie.
Et tu pensais à moi !
Jésus, mon petit Roi,
Rappelle-toi !

Rappelle-toi que, dans la solitude ,
Tu travaillais de tes divines mains ;
Vivre oublié fut ta plus chère étude,
Tu rejetas le savoir des humains !
O toi qui d'un seul mot pouvais charmer le monde,
Tu te plus à cacher ta sagesse profonde...
Tu parus ignorant !
O Seigneur tout-puissant,
Rappelle-toi !

Rappelle-toi qu'étranger sur la terre,
Tu fus errant, toi, le Verbe éternel !
Tu n'avais rien, non pas même une pierre,
Pas un abri, comme l'oiseau du ciel.

O Jésus ! viens en moi, viens reposer ta tête,
Viens !... à te recevoir mon âme est toute prête.
Mon bien-aimé Sauveur,
Repose dans mon cœur.
Il est à toi !

Rappelle-toi les divines tendresses
Dont tu comblas les tout petits enfants ;
Je veux aussi recevoir tes caresses.
Ah ! donne-moi tes baisers ravissants !
Pour jouir dans les cieux de ta douce présence,
Je saurai pratiquer les vertus de l'enfance :
Tu nous l'as dit souvent :
« *Le Ciel est pour l'enfant...* »
Rappelle-toi !

Rappelle-toi qu'au bord de la fontaine
Un Voyageur, fatigué du chemin,
Fit déborder sur la Samaritaine
Les flots d'amour que renfermait son sein.
Ah ! je connais Celui qui demandait à boire :
Il est le « *Don de Dieu* », la source de la gloire !
C'est toi l'eau qui jaillit,
Jésus ! tu nous as dit :
« *Venez à moi !* »

« Venez à moi, pauvres âmes chargées ;
« Vos lourds fardeaux bientôt s'allègeront,
« Et, pour toujours, dans mon Cœur submergées
« De votre sein des sources jailliront. »

J'ai soif, ô mon Jésus ! cette eau je la réclame,
De ses torrents divins daigne inonder mon âme ;
Pour fixer mon séjour
En l'océan d'amour,
Je viens à toi !

Rappelle-toi qu'enfant de la lumière,
Souvent, hélas ! je néglige mon Roi ;
Oh ! prends pitié de ma grande misère,
Dans ton amour, Jésus, pardonne-moi !
Aux affaires du ciel daigne me rendre habile,
Montre-moi les secrets cachés dans l'Evangile.
Ah ! que ce livre d'or
Est mon plus cher trésor,
Rappelle-toi !

Rappelle-toi que ta divine Mère
A sur ton Cœur un pouvoir merveilleux,
Rappelle-toi qu'un jour, à sa prière,
Tu changeas l'onde en vin délicieux.
Daigne aussi transformer mes œuvres indigentes...
A la voix de Marie, ô Dieu ! rends-les ferventes :
Que je suis son enfant,
Mon Jésus, bien souvent,
Rappelle-toi !

Rappelle-toi que, souvent les collines,
Tu gravissais au coucher du soleil ;
Rappelle-toi tes oraisons divines,
Tes chants d'amour à l'heure du sommeil !

Ta prière, ô mon Dieu, je l'offre avec délice
Pendant mes oraisons, pendant le saint office :
Là, tout près de ton Cœur,
Je chante avec bonheur,
Rappelle-toi !

Rappelle-toi que, voyant la campagne,
Ton divin Cœur devançait les moissons;
Levant les yeux vers la sainte Montagne,
De tes élus tu murmurais les noms.
Afin que ta moisson soit bientôt recueillie,
Chaque jour, ô mon Dieu, je m'immole et je prie.
Que ma joie et mes pleurs
Sont pour tes moissonneurs,
Rappelle-toi !

Rappelle-toi cette fête des Anges,
Cette harmonie au royaume des cieux,
Et le bonheur des sublimes phalanges,
Lorsqu'un pécheur vers toi lève les yeux !
Ah ! je veux augmenter cette grande allégresse...
Jésus, pour les pécheurs je veux prier sans cesse ;
Que je vins au Carmel
Pour peupler ton beau ciel,
Rappelle-toi !

Rappelle-toi cette très douce flamme
Que tu voulais allumer dans les cœurs :
Ce feu du ciel, tu l'as mis en mon âme,
Je veux aussi répandre ses ardeurs.

Une faible étincelle, ô mystère de vie,
Suffit pour allumer un immense incendie.
Que je veux, ô mon Dieu,
Porter au loin ton feu,
Rappelle-toi !

Rappelle-toi cette fête splendide
Que tu donnas à ton fils repentant ;
Rappelle-toi que pour l'âme candide,
Tu la nourris toi-même, à chaque instant.
Jésus, avec amour tu reçois le prodigue...
Mais les flots de ton Cœur, pour moi, n'ont pas de digue.
Que tes biens sont à moi,
Mon Bien-Aimé, mon Roi,
Rappelle-toi !

Rappelle-toi que, méprisant la gloire,
En prodiguant tes miracles divins
Tu t'écriais : « *Comment pouvez-vous croire*
« *Vous qui cherchez l'estime des humains ?*
« *Les œuvres que je fais vous semblent surprenantes :*
« *Mes amis en feront de bien plus éclatantes.* »
Que tu fus humble et doux,
Jésus, mon tendre Époux,
Rappelle-toi !

Rappelle-toi qu'en une sainte ivresse
L'Apôtre-vierge approcha de ton Cœur !
En son repos il connut ta tendresse ;
Et tes secrets il les comprit, Seigneur !

De ton disciple aimé je ne suis pas jalouse;
Je connais tes secrets, car je suis ton épouse...
O mon divin Sauveur,
Je m'endors sur ton Cœur.
Il est à moi !

Rappelle-toi qu'au soir de l'agonie,
Avec ton sang se mêlèrent tes pleurs ;
Perles d'amour ! leur valeur infinie
A fait germer de virginales fleurs.
Un Ange, te montrant cette moisson choisie,
Fit renaître la joie en ton âme bénie ;
Jésus, que tu me vis
Au milieu de tes lis,
Rappelle-toi !

Ton sang, tes pleurs, cette source féconde
Virginisant les calices des fleurs,
Les a rendus capables, dès ce monde,
De t'enfanter un grand nombre de cœurs.
Je suis vierge, ô Jésus ! Cependant, quel mystère !
En m'unissant à toi, des âmes je suis mère...
Des virginales fleurs
Qui sauvent les pécheurs,
Oh ! souviens-toi !

Rappelle-toi qu'abreuvé de souffrance
Un Condamné, se tournant vers les cieux,
S'est écrié : « *Bientôt dans ma puissance*
« *Vous me verrez paraître glorieux !* »

Qu'il fût le Fils de Dieu, nul ne voulait le croire,
Car elle se cachait son ineffable gloire.
O Prince de la Paix!
Moi, je te reconnais...
Je crois en toi!

Rappelle-toi que ton divin Visage,
Parmi les tiens, fut toujours inconnu!
Mais tu laissas pour moi ta douce image...
Et, tu le sais, je t'ai bien reconnu!
Oui, je te reconnais, même à travers tes larmes,
Face de l'Éternel, je découvre tes charmes.
Que ton regard voilé
Mon cœur a consolé,
Rappelle-toi!

Rappelle-toi cette amoureuse plainte
Qui, sur la croix, s'échappa de ton Cœur.
Ah! dans le mien, Jésus, elle est empreinte
Oui... de ta soif il partage l'ardeur!
Plus il se sent blessé de tes divines flammes,
Plus il est altéré de te donner des âmes.
Que d'une soif d'amour,
Je brûle nuit et jour,
Rappelle-toi!

Rappelle-toi, Jésus, Verbe de vie,
Que tu m'aimas jusqu'à mourir pour moi!
Je veux aussi t'aimer à la folie;
Je veux aussi vivre et mourir pour toi.

Tu le sais, ô mon Dieu, tout ce que je désire,
C'est de te faire aimer, et d'être un jour martyre.
D'amour je veux mourir.
Seigneur, de mon désir,
Oh ! souviens-toi !

Rappelle-toi qu'au jour de ta victoire,
Tu nous disais : « *Celui qui n'a pas vu*
« *Le Fils de Dieu tout rayonnant de gloire,*
« *Il est heureux... si quand même il a cru !* »
Dans l'ombre de la foi, je t'aime et je t'adore :
O Jésus, pour te voir j'attends en paix l'aurore.
Que mon désir n'est pas
De te voir ici-bas,
Rappelle-toi !

Rappelle-toi que, montant vers le Père,
Tu ne pouvais nous laisser orphelins ;
Que, te faisant prisonnier sur la terre,
Tu sus voiler tes rayons tout divins ;
Mais l'ombre de ton voile est lumineuse et pure,
Pain vivant de la foi, céleste nourriture.
O mystère d'amour !
Mon pain de chaque jour :
Jésus, c'est toi.

Jésus, c'est toi qui malgré les blasphèmes
Des ennemis du sacrement d'amour,
C'est toi qui veux montrer combien tu m'aimes,
Puisqu'en mon cœur tu fixes ton séjour.

O Pain de l'exilé ! sainte et divine Hostie !
Ce n'est plus moi qui vis ; mais je vis de ta vie :
Ton ciboire doré,
Entre tous préféré,
Jésus, c'est moi !

Jésus, c'est moi ton vivant sanctuaire
Que les méchants ne peuvent profaner.
Reste en mon cœur, n'est-il pas un parterre
Dont chaque fleur, vers toi, veut se tourner ?
Mais, si tu t'éloignais, ô blanc Lis des vallées !
Je le sais bien, mes fleurs seraient vite effeuillées.
Toujours, mon Bien-Aimé,
Jésus, Lis embaumé,
Fleuris en moi !

Rappelle-toi que je veux sur la terre
Te consoler de l'oubli des pécheurs :
Mon seul Amour, exauce ma prière :
Ah ! pour t'aimer, donne-moi mille cœurs !
Mais c'est encor trop peu, Jésus, beauté suprême !
Donne-moi pour t'aimer ton divin Cœur lui-même ;
De mon désir brûlant,
Seigneur, à chaque instant,
Oh ! souviens-toi !

Rappelle-toi que ta volonté sainte
Est mon repos, mon unique bonheur ;
Je m'abandonne et je m'endors sans crainte
Entre tes bras, ô mon divin Sauveur !

Si tu t'endors aussi lorsque l'orage gronde,
Je veux rester toujours en une paix profonde ;
Mais pendant ton sommeil,
Jésus ! pour le réveil
Prépare-moi !

Rappelle-toi que souvent je soupire
Après le jour du grand avènement,
Qu'il vienne enfin l'Ange qui doit nous dire :
« *Le temps n'est plus, venez au jugement !* »
Alors rapidement je franchirai l'espace,
Et j'irai me cacher en ta divine Face.
Qu'au séjour éternel
Tu dois être mon ciel,
Rappelle-toi !

21 octobre 1895.

Au Sacré-Cœur

Air : *Petit soulier de Noël.*

Auprès du Tombeau, sainte Madeleine,
Cherchant son Jésus, se baissait en pleurs.
Les Anges voulaient adoucir sa peine,
Mais rien ne pouvait calmer ses douleurs.
Votre doux éclat, lumineux Archanges,
Ne suffisait pas à la contenter ;
Elle voulait voir le Seigneur des Anges,
Le prendre en ses bras, bien loin l'emporter.

Au Sépulcre Saint, restant la dernière,
Marie était là, bien avant le jour ;
Son Dieu vint aussi, voilant sa lumière.
Elle ne pouvait le vaincre en amour...
Lui montrant alors sa Face bénie,
Bientôt un seul mot jaillit de son Cœur ;
Murmurant le nom si doux de « *Marie* »,
Jésus lui rendit la paix, le bonheur.

. . . .

Un jour, ô mon Dieu, comme Madeleine,
J'ai voulu te voir, m'approcher de toi;
Mon regard plongeait dans l'immense plaine
Dont je recherchais le Maître et le Roi.
Et je m'écriais, voyant l'onde pure,
L'azur étoilé, la fleur et l'oiseau :
Si je ne vois Dieu, brillante nature,
Tu n'es rien pour moi qu'un vaste tombeau.

J'ai besoin d'un cœur brûlant de tendresse,
Restant mon appui sans aucun retour;
Aimant tout en moi, même ma faiblesse,
Ne me quittant pas la nuit et le jour.
Je n'ai pu trouver nulle créature
Qui m'aimât toujours sans jamais mourir;
Il me faut un Dieu prenant ma nature,
Devenant mon frère et pouvant souffrir.

Tu m'as entendue, oh! l'Époux que j'aime...
Pour ravir mon cœur, te faisant mortel.
Tu versas ton sang, mystère suprême!
Et tu vis encor pour moi sur l'autel.
Si je ne puis voir l'éclat de ta Face,
Entendre ta voix pleine de douceur,
Je puis, ô mon Dieu, vivre de ta grâce,
Je puis reposer sur ton Sacré-Cœur!

O Cœur de Jésus, trésor de tendresse,
C'est toi mon bonheur, mon unique espoir
Toi qui sus bénir, charmer ma jeunesse,

Reste auprès de moi jusqu'au dernier soir.
Seigneur, à toi seul j'ai donné ma vie,
Et tous mes désirs te sont bien connus.
C'est en ta bonté toujours infinie
Que je veux me perdre, ô Cœur de Jésus.

Ah! je le sais bien, toutes nos justices
N'ont, devant tes yeux, aucune valeur;
Pour donner du prix à mes sacrifices,
Je veux les jeter en ton divin Cœur.
Tu n'as pas trouvé tes Anges sans tache;
Au sein des éclairs tu donnas ta loi;
En ton Cœur Sacré, Jésus, je me cache,
Je ne tremble pas : ma vertu c'est toi!

Afin de pouvoir contempler ta gloire,
Il faut, je le sais, passer par le feu.
Et moi, je choisis pour mon purgatoire
Ton amour brûlant, ô Cœur de mon Dieu!
Mon âme exilée, en quittant la vie,
Voudrait faire un acte de pur amour,
Et puis, s'envolant au ciel, sa patrie,
Entrer dans ton Cœur, sans aucun détour!

Octobre 1895.

J'ai soif d'Amour !

Air : *Au sein de l'heureuse patrie.*

Dans ton amour, t'exilant sur la terre,
Divin Jésus, tu t'immolas pour moi.
Mon Bien-Aimé, reçois ma vie entière ;
Je veux souffrir, je veux mourir pour toi.

Seigneur, tu nous l'as dit toi-même :
« *L'on ne peut rien faire de plus*
« *Que de mourir pour ceux qu'on aime.* »
Et mon amour suprême
C'est toi, Jésus !

Il se fait tard, déjà le jour décline :
Reste avec moi, céleste Pèlerin.
Avec ta croix, je gravis la colline :
Viens me guider, Seigneur, dans le chemin !

2

Ta voix trouve écho dans mon âme :
Je veux te ressembler, Seigneur.
La souffrance, je la réclame...
Ta parole de flamme
Brûle mon cœur !

Avant d'entrer dans l'éternelle gloire,
« *Il a fallu que l'Homme-Dieu souffrît* »,
C'est par sa croix qu'il gagna la victoire :
O doux Sauveur, ne nous l'as-tu pas dit ?

Pour moi, sur la rive étrangère,
Quels mépris n'as-tu pas reçus !
Je veux me cacher sur la terre,
Être en tout la dernière,
Pour toi, Jésus.

Mon Bien-Aimé, ton exemple m'invite
A m'abaisser, à mépriser l'honneur :
Pour te ravir, je veux rester petite ;
En m'oubliant, je charmerai ton Cœur.

Ma paix est dans la solitude,
Je ne demande rien de plus.
Te plaire est mon unique étude,
Et ma béatitude
C'est toi, Jésus !

Toi, le grand Dieu que l'univers adore,
Tu vis en moi, prisonnier nuit et jour ;
Ta douce voix à toute heure m'implore,
Tu me redis : « *J'ai soif ! J'ai soif d'amour !...* »

Je suis aussi ta prisonnière,
Et je veux redire à mon tour
Ta tendre et divine prière,
Mon Bien-Aimé, mon Frère :
J'ai soif d'amour !

J'ai soif d'amour ! Comble mon espérance :
Augmente en moi, Seigneur, ton divin feu !
J'ai soif d'amour ! bien grande est ma souffrance,
Ah ! je voudrais voler vers toi, mon Dieu !

Ton amour est mon seul martyre ;
Plus je le sens brûler en moi,
Et plus mon âme te désire.
Jésus, fais que j'expire
D'amour pour toi !

30 avril 1896.

Mon Ciel à moi

Air : *Dieu de paix et d'amour.*

Pour supporter l'exil de la terre des larmes,
Il me faut le regard de mon divin Sauveur ;
Ce regard plein d'amour m'a dévoilé ses charmes,
Il m'a fait pressentir le céleste bonheur.
Mon Jésus me sourit, quand vers lui je soupire ;
Alors je ne sens plus l'épreuve de la foi.
Le regard de mon Dieu, son ravissant sourire,
Voilà mon ciel à moi !

Mon ciel est d'attirer sur l'Église bénie,
Sur la France coupable et sur chaque pécheur,
La grâce que répand ce beau fleuve de vie
Dont je trouve la source, ô Jésus, dans ton Cœur.
Je puis tout obtenir lorsque, dans le mystère,
Je parle cœur à cœur avec mon divin Roi.
Cette douce oraison, tout près du sanctuaire,
Voilà mon ciel à moi !

Mon ciel, il est caché dans la petite hostie
Où Jésus, mon Époux, se voile par amour.
A ce foyer divin je vais puiser la vie ;
Et là, mon doux Sauveur m'écoute nuit et jour.
Oh ! quel heureux instant, lorsque dans ta tendresse
Tu viens, mon Bien-Aimé, me transformer en toi !
Cette union d'amour, cette ineffable ivresse,
Voilà mon ciel à moi !

Mon ciel est de sentir en moi la ressemblance
Du Dieu qui me créa de son souffle puissant ;
Mon ciel est de rester toujours en sa présence,
De l'appeler mon Père et d'être son enfant ;
Entre ses bras divins je ne crains pas l'orage...
Le total abandon, voilà ma seule loi ;
Sommeiller sur son Cœur, tout près de son Visage,
Voilà mon ciel à moi !

Mon ciel, je l'ai trouvé dans la Trinité sainte
Qui réside en mon cœur, prisonnière d'amour.
Là, contemplant mon Dieu, je lui redis sans crainte
Que je veux le servir et l'aimer sans retour.
Mon ciel est de sourire à ce Dieu que j'adore,
Lorsqu'il veut se cacher pour éprouver ma foi :
Sourire, en attendant qu'il me regarde encore,
Voilà mon ciel à moi !

7 juin 1896.

Mon Espérance

Air : *O saint autel qu'environnent les Anges.*

Je suis encor sur la rive étrangère ;
Mais, pressentant le bonheur éternel,
Oh ! je voudrais déjà quitter la terre
Et contempler les merveilles du ciel.
Lorsque je rêve à l'immortelle vie,
De mon exil, je ne sens plus le poids ;
Bientôt, mon Dieu, vers ma seule patrie
Je volerai pour la première fois !

Ah ! donne-moi, Jésus, de blanches ailes,
Pour que, vers toi, je prenne mon essor.
Je veux voler aux rives éternelles,
Je veux te voir, ô mon divin Trésor !

Je veux voler dans les bras de Marie,
Me reposer sur ce trône de choix,
Et recevoir de ma Mère chérie,
Le doux baiser pour la première fois !

Mon Bien-Aimé, de ton premier sourire
Fais-moi bientôt entrevoir la douceur ;
Ah ! laisse-moi, dans mon brûlant délire,
Oui, laisse-moi me cacher en ton Cœur.
Heureux instant !... O bonheur ineffable !
Quand j'entendrai le doux son de ta voix...
Quand je verrai, de ta Face adorable,
L'éclat divin, pour la première fois !

Tu le sais bien, mon unique martyre
C'est ton amour, Cœur sacré de Jésus !
Vers ton beau ciel, si mon âme soupire,
C'est pour t'aimer, t'aimer de plus en plus !
Au ciel, toujours, m'enivrant de tendresse,
Je t'aimerai sans mesure et sans lois,
Et mon bonheur me paraîtra sans cesse
Aussi nouveau que la première fois...

12 juin 1896.

Jeter des Fleurs

Air : *Oui, je le crois, elle est immaculée.*

Jésus, mon seul amour, au pied de ton calvaire,
Que j'aime, chaque soir, à te jeter des fleurs !
En effeuillant pour toi la rose printanière,
Je voudrais essuyer tes pleurs !

Jeter des fleurs !... c'est t'offrir en prémices
Les plus légers soupirs, les plus grandes douleurs.
Mes peines, mon bonheur, mes petits sacrifices :
Voilà mes fleurs.

Seigneur, de ta beauté mon âme s'est éprise ;
Je veux te prodiguer mes parfums et mes fleurs,
En les jetant pour toi sur l'aile de la brise,
Je voudrais enflammer les cœurs !

Jeter des fleurs ! Jésus, voilà mon arme
Lorsque je veux lutter pour sauver les pécheurs.
La victoire est à moi ; toujours je te désarme
Avec mes fleurs !

Les pétales des fleurs caressant ton Visage
Te disent que mon cœur est à toi sans retour.
De ma rose effeuillée, ah ! tu sais le langage
Et tu souris à mon amour...

Jeter des fleurs ! redire tes louanges,
Voilà mon seul plaisir sur la rive des pleurs.
Au ciel j'irai bientôt avec les petits anges
Jeter des fleurs !

28 juin 1896.

Mes Désirs près du Tabernacle

Air : *Prévenons les feux de l'aurore.*

Petite clef, Oh ! je t'envie,
Toi qui peux ouvrir chaque jour
La prison de l'Eucharistie,
Où réside le Dieu d'amour.
Mais je puis, quel touchant miracle !
Par un seul effort de ma foi,
Ouvrir aussi le Tabernacle,
M'y cacher près du divin Roi...

Je voudrais, dans le sanctuaire,
Me consumant près de mon Dieu,
Toujours briller avec mystère,
Comme *la lampe* du saint Lieu.
O bonheur ! en moi j'ai des flammes,
Et je puis gagner chaque jour,
A Jésus, un grand nombre d'âmes,
Les embraser de son amour...

A chaque aurore, je t'envie,
O pierre sainte de l'autel !
Comme dans l'étable bénie,
Sur toi veut naître l'Éternel.
Ecoute mon humble prière :
Viens en mon âme, doux Sauveur !
Bien loin d'être une froide pierre,
Elle est le soupir de ton Cœur,

O corporal entouré d'Anges,
Que je te porte envie encor !
Sur toi, comme en ses humbles langes,
Je vois Jésus, mon seul trésor.
Change mon cœur, Vierge Marie,
En un corporal pur et beau,
Pour recevoir la blanche hostie
Où se cache ton doux Agneau.

Sainte *patène,* je t'envie...
Sur toi, Jésus vient reposer !
Oh ! que sa grandeur infinie,
Jusqu'à moi daigne s'abaisser...
Jésus, comblant mon espérance,
De l'exil n'attend pas le soir :
Il vient en moi !... par sa présence,
Je suis un vivant *ostensoir.*

Je voudrais être le *calice*
Où j'adore le Sang divin !
Mais je puis, au saint Sacrifice,
Le recueillir chaque matin.

Mon âme à Jésus est plus chère
Que les précieux vases d'or ;
L'autel est un nouveau Calvaire,
Où, pour moi, son Sang coule encor.

Jésus, Vigne sainte et sacrée,
Tu le sais, ô mon divin Roi,
Je suis une *grappe dorée*
Qui doit disparaître pour toi.
Sous le pressoir de la souffrance,
Je te prouverai mon amour.
Je ne veux d'autre jouissance
Que de m'immoler chaque jour.

Quel heureux sort ! Je suis choisie
Parmi *les grains de pur froment*
Qui, pour Jésus, perdent la vie ;
Bien grand est mon ravissement !
Je suis ton épouse chérie,
Mon Bien-Aimé, viens vivre en moi.
Oh ! viens, ta Beauté m'a ravie,
Daigne me transformer en toi !

1896.

Jésus seul

Air : *Près d'un berceau.*

Mon cœur ardent veut se donner sans cesse,
Il a besoin de prouver sa tendresse.
Ah ! qui pourra comprendre mon amour ?
Quel cœur voudra me payer de retour !
Mais, ce retour, en vain je le réclame ;
Jésus, toi seul peux contenter mon âme.
Rien ne saurait me charmer ici-bas ;
Le vrai bonheur ne s'y rencontre pas.

Ma seule paix, mon seul bonheur,
Mon seul amour, c'est toi, Seigneur !

O toi qui sus créer le cœur des mères,
Je trouve en toi le plus tendre des pères.
Mon seul Amour, Jésus, Verbe éternel,
Pour moi, ton Cœur est plus que maternel !
A chaque instant, tu me suis, tu me gardes ;

2*

Quand je t'appelle, ah ! jamais tu ne tardes.
Et si parfois tu sembles te cacher,
C'est toi qui viens m'aider à te chercher...

C'est à toi seul, Jésus, que je m'attache ;
C'est dans tes bras que j'accours et me cache
Je veux t'aimer comme un petit enfant ;
Je veux lutter comme un guerrier vaillant.
Comme un enfant plein de délicatesses,
Je veux, Seigneur, te combler de caresses ;
Et dans le champ de mon apostolat,
Comme un guerrier je m'élance au combat !

Ton Cœur, qui garde et qui rend l'innocence,
Ne saurait pas tromper ma confiance ;
En toi, Seigneur, repose mon espoir :
Après l'exil, au ciel j'irai te voir.
L'orsqu'en mon cœur s'élève la tempête,
Vers toi, Jésus, je relève la tête ;
En ton regard miséricordieux,
Je lis : Enfant... pour toi, j'ai fait les cieux !

Je le sais bien, mes soupirs et mes larmes
Sont devant toi tout rayonnants de charmes,
Les Séraphins, au ciel, forment ta cour,
Et cependant tu cherches mon amour...
Tu veux mon cœur... Jésus, je te le donne !
Tous mes désirs je te les abandonne ;
Et ceux que j'aime, ô mon Epoux, mon Roi,
Je ne veux plus les aimer que pour toi.

15 août 1896.

Composé à la demande d'une novice.

La Volière de l'Enfant-Jésus

Air : *Au Rossignol.* (Gounod.)

Pour les exilés de la terre,
Le bon Dieu créa les oiseaux ;
Ils vont, gazouillant leur prière,
Dans les vallons, sur les coteaux.
Les enfants joyeux et volages,
Ayant choisi leurs préférés,
Les emprisonnent dans des cages
Dont les barreaux sont tout dorés.

. . . .

O Jésus, notre petit Frère,
Pour nous tu quittas le beau ciel ;
Mais, tu le sais bien, ta volière,
Divin Enfant, c'est le Carmel.

Notre cage n'est pas dorée,
Cependant nous la chérissons ;
Dans les bois, la plaine azurée,
Plus jamais nous ne volerons !
Jésus ! les bosquets de ce monde
Ne peuvent pas nous contenter ;
Dans la solitude profonde,
Pour toi seul nous voulons chanter.
Ta petite main nous attire ;
Enfant, que tes charmes sont beaux !
O divin Jésus ! ton sourire
Captive les petits oiseaux.

Ici l'âme simple et candide
Trouve l'objet de son amour ;
Ici la colombe timide
N'a plus à craindre le vautour.
Sur les ailes de la prière,
On voit monter le cœur ardent,
Comme l'alouette légère
Qui, bien haut, s'élève en chantant !
Ici l'on entend le ramage
Du roitelet, du gai pinson.
O petit Jésus ! dans leur cage,
Tes oiseaux gazouillent ton Nom.

Le petit oiseau toujours chante ;
Son pain ne l'inquiète pas...
Un grain de millet le contente,
Jamais il ne sème ici-bas.

Comme lui, dans notre volière,
Nous recevons tout de ta main ;
L'unique chose nécessaire,
C'est de t'aimer, Enfant divin !
Aussi nous chantons tes louanges
Avec les purs esprits du ciel ;
Et, nous le savons, tous les Anges
Aiment les oiseaux du Carmel.

Jésus, pour essuyer les larmes
Que te font verser les pécheurs,
Tes oiseaux redisent tes charmes,
Leurs doux chants te gagnent des cœurs.
Un jour, loin de la triste terre,
Lorsqu'ils entendront ton appel,
Tous les oiseaux de ta volière
Prendront leur essor vers le ciel.
Avec les charmantes phalanges
Des petits chérubins joyeux,
Eternellement, tes louanges
Nous les chanterons dans les cieux !

25 décembre 1896.

Ma Paix et ma Joie

Air : *Petit oiseau, dis où vas-tu ?*

Il est des âmes sur la terre
Qui cherchent en vain le bonheur ;
Mais, pour moi, c'est tout le contraire,
La joie habite dans mon cœur.
Cette fleur n'est pas éphémère,
Je la possède sans retour ;
Comme une rose printanière,
Elle me sourit chaque jour.

Vraiment je suis par trop heureuse,
Je fais toujours ma volonté ;
Pourrais-je n'être pas joyeuse
Et ne pas montrer ma gaîté ?

Ma joie est d'aimer la souffrance,
Je souris en versant des pleurs.
J'accepte avec reconnaissance
L'épine au milieu de mes fleurs.

Lorsque le ciel bleu devient sombre,
Et qu'il semble me délaisser,
Ma joie est de rester dans l'ombre,
De me cacher, de m'abaisser.
Ma paix, c'est la volonté sainte
De Jésus, mon unique amour :
Ainsi je vis sans nulle crainte ;
J'aime autant la nuit que le jour.

Ma paix, c'est de rester petite ;
Aussi, quand je tombe en chemin,
Je puis me relever bien vite,
Et Jésus me prend par la main.
Alors, le comblant de caresses,
Je lui dis qu'il est tout pour moi...
Et je redouble de tendresses,
Lorsqu'il se dérobe à ma foi.

Ma paix, si je verse des larmes,
C'est de les cacher à mes sœurs,
Oh ! que la souffrance a de charmes,
Quand on sait la voiler de fleurs !
Je veux bien souffrir sans le dire,
Pour que Jésus soit consolé ;
Ma joie est de le voir sourire
Lorsque mon cœur est exilé.

Ma paix, c'est de lutter sans cesse
Afin d'enfanter des élus ;
C'est de redire avec tendresse,
Bien souvent, à mon doux Jésus :
Pour toi, mon divin petit Frère,
Je suis heureuse de souffrir !
Ma joie unique sur la terre,
C'est de pouvoir te réjouir.

Longtemps encor je veux bien vivre,
Seigneur, si c'est là ton désir.
Dans le ciel je voudrais te suivre,
Si cela te faisait plaisir.
L'amour, ce feu de la patrie,
Ne cesse de me consumer :
Que me fait la mort ou la vie !
Mon seul bonheur c'est de t'aimer !...

21 janvier 1897.

Mes Armes

Air : *Partez, hérauts...*

Du Tout-Puissant, j'ai revêtu *les armes,*
Sa main divine a daigné me parer ;
Rien désormais ne me cause d'alarmes,
De son amour qui peut me séparer ?
A ses côtés, m'élançant dans l'arène,
Je ne craindrai ni le fer ni le feu ;
Mes ennemis sauront que je suis reine,
Que je suis l'épouse d'un Dieu.

O mon Jésus ! je garderai l'armure
Que je revêts sous tes yeux adorés ;
Jusqu'au soir de l'exil, ma plus belle parure
Sera mes vœux sacrés.

O Pauvreté, mon premier sacrifice,
Jusqu'à la mort tu me suivras partout ;
Car, je le sais, *pour courir dans la lice,*
L'athlète doit se détacher de tout.
Goûtez, mondains, le remords et la peine,
Ces fruits amers de votre vanité ;
Joyeusement, moi je cueille en l'arène
Les palmes de la Pauvreté.

Jésus a dit : « *C'est par la violence*
Que l'on ravit le royaume des Cieux. »
Eh bien ! la Pauvreté me servira de *lance,*
De *casque glorieux.*

La Chasteté me rend la sœur des Anges,
De ces esprits purs et victorieux.
J'espère un jour voler en leurs phalanges ;
Mais, dans l'exil, je dois lutter comme eux.
Je dois lutter, sans repos et sans trêve,
Pour mon Epoux, le Seigneur des seigneurs.
La Chasteté, c'est le céleste *glaive*
Qui peut lui conquérir des cœurs.

La Chasteté c'est mon arme invincible ;
Mes ennemis, par elle, sont vaincus ;
Par elle je deviens, ô bonheur indicible !
L'épouse de Jésus.

L'Ange orgueilleux, au sein de la lumière,
S'est écrié : « Je n'obéirai pas !... »
Moi je répète en la nuit de la terre :
Je veux toujours obéir ici-bas.

Je sens en moi naître une sainte audace,
De tout l'enfer je brave la fureur.
L'Obéissance est ma forte *cuirasse.*
Et le *bouclier* de mon cœur.

O Dieu vainqueur ! je ne veux d'autres gloires
Que de soumettre en tout ma volonté ;
Puisque « l'*obéissant redira ses victoires* »
Toute l'éternité !

Si, du guerrier, j'ai les armes puissantes,
Si je l'imite et lutte vaillamment,
« *Comme la vierge aux grâces ravissantes,*
Je veux aussi chanter en combattant ».
Tu fais vibrer de *ta lyre* les cordes,
Et cette lyre, ô Jésus, *c'est mon cœur !*
Alors je puis de tes miséricordes
Chanter la force et la douceur.

En souriant je brave la mitraille,
Et dans tes bras, ô mon Epoux divin,
En chantant je mourrai sur le champ de bataille,
Les armes à la main !

25 mars 1897.

A une novice pour sa Profession.

Un lis au milieu des épines

Air : *L'envers du ciel.*

O Seigneur tout-puissant ! dès ma plus tendre enfance,
Je puis bien m'appeler l'œuvre de ton amour ;
Je voudrais, ô mon Dieu, dans ma reconnaissance,
Ah ! je voudrais pouvoir te payer de retour.
Jésus, mon Bien-Aimé, quel est ce privilège ?
Pauvre petit néant, qu'avais-je fait pour toi ?
Et je me vois ici, suivant le blanc cortège
Des vierges de ta cour, aimable et divin Roi !

Hélas ! je ne suis rien que la faiblesse même ;
Tu le sais bien, mon Dieu, je n'ai pas de vertus !
Mais tu le sais aussi, pour moi le bien suprême
Qui me charma toujours..., c'est toi mon doux Jésus !
Lorsqu'en mon jeune cœur s'alluma cette flamme
Qui se nomme l'amour..., tu vins la réclamer ;
Et toi seul, ô Jésus, pus contenter mon âme,
Car jusqu'à l'infini j'avais besoin d'aimer !

Comme un petit agneau loin de la bergerie,
Gaîment je folâtrais, ignorant le danger ;
Mais, ô Reine des Cieux, ma Bergère chérie,
Ton invisible main savait me protéger !
Ainsi, tout en jouant au bord des précipices,
Déjà tu me montrais le sommet du Carmel ;
Je comprenais alors les austères délices
Qu'il me faudrait aimer pour m'envoler au ciel.

Seigneur, si tu chéris la pureté de l'Ange,
De ce brillant esprit qui nage dans l'azur,
N'aimes-tu pas aussi, s'élevant de la fange,
Le lis que ton amour a su conserver pur ?
S'il est heureux, mon Dieu, l'Ange à l'aile vermeille
Qui paraît devant toi tout blanc de pureté ;
Ma robe, dès ce monde, à la sienne est pareille,
Puisque j'ai le trésor de la virginité !

Composé à la demande d'une novice.

La Rose effeuillée

Air : *Le fil de la Vierge* ou *La Rose mousse.*

Jésus, quand je te vois, soutenu par ta Mère,
Quitter ses bras,
Essayer en tremblant sur notre triste terre
Tes premiers pas;
Devant toi je voudrais effeuiller une rose
En sa fraîcheur,
Pour que ton petit pied bien doucement repose
Sur une fleur.

Cette rose effeuillée est la fidèle image,
Divin Enfant,
Du cœur qui veut pour toi s'immoler sans partage,
A chaque instant.
Seigneur, sur tes autels plus d'une fraîche rose
Aime à briller ;
Elle se donne à toi, mais je rêve autre chose :
C'est m'effeuiller...

La rose en son éclat peut embellir ta fête,
Aimable Enfant !
Mais la rose effeuillée, on l'oublie, on la jette
Au gré du vent...
La rose, en s'effeuillant, sans recherche se donne
Pour n'être plus.
Comme elle, avec bonheur, à toi je m'abandonne,
Petit Jésus !

L'on marche sans regret sur des feuilles de rose,
Et ces débris
Sont un simple ornement que sans art on dispose,
Je l'ai compris...
Jésus, pour ton amour j'ai prodigué ma vie,
Mon avenir ;
Aux regards des mortels, rose à jamais flétrie,
Je dois mourir !

Pour toi je dois mourir, Jésus, beauté suprême,
Oh ! quel bonheur !
Je veux en m'effeuillant te prouver que je t'aime
De tout mon cœur.
Sous tes pas enfantins, je veux avec mystère
Vivre ici-bas ;
Et je voudrais encor adoucir au Calvaire
Tes derniers pas...

Mai 1897.

L'abandon

Il est sur cette terre
Un arbre merveilleux ;
Sa racine, ô mystère !
Se trouve dans les cieux.
Jamais, sous son ombrage,
Rien ne saurait blesser :
Là, sans craindre l'orage,
On peut se reposer.
De cet arbre ineffable,
L'*amour*, voilà le nom ;
Et son fruit délectable
S'appelle l'*abandon*.

Ce fruit, dès cette vie,
Me donne le bonheur :
Mon âme est réjouie
Par sa divine odeur.

Ce fruit, quand je le touche,
Me paraît un trésor;
Le portant à ma bouche,
Il m'est plus doux encor.
Il me donne en ce monde
Un océan de paix ;
En cette paix profonde
Je repose à jamais.

Seul, l'*abandon* me livre
En tes bras, ô Jésus !
C'est lui qui me fait vivre
Du pain de tes élus :
A toi je m'abandonne,
O mon divin Epoux !
Et je n'ambitionne
Que ton regard si doux.
Toujours je veux sourire,
M'endormant sur ton Cœur...
Et là, je veux redire
Que je t'aime, Seigneur !

Comme la pâquerette
Au calice vermeil,
Moi, petite fleurette,
Je m'entr'ouvre au soleil.
Mon doux soleil de vie,
O mon aimable Roi !
C'est ta divine Hostie,
Petite comme moi...

De sa céleste flamme
Le lumineux rayon
Fait naître dans mon âme
Le parfait *abandon*.

Toutes les créatures
Peuvent me délaisser ;
Je saurai sans murmures
Près de toi m'en passer.
Et si tu me délaisses,
O mon divin Trésor !
N'ayant plus tes caresses,
Je veux sourire encor.
En paix je veux attendre,
Doux Jésus, ton retour,
Et sans jamais suspendre
Mes cantiques d'amour !

Non, rien ne m'inquiète,
Rien ne peut me troubler.
Plus haut que l'alouette
Mon âme sait voler...
Au-dessus des nuages,
Le ciel est toujours bleu ;
On touche les rivages
Où règne le bon Dieu !
J'attends en paix la gloire
Du céleste séjour,
Car je trouve au ciboire
Le doux fruit de l'amour.

Mai 1897.

La Rosée divine

Air : *Noël d'Adam*.

Mon doux Jésus, sur le sein de ta Mère
Tu m'apparais tout rayonnant d'amour ;
Daigne à mon cœur révéler le mystère
Qui t'exila du céleste séjour.
Ah ! laisse-moi me cacher sous le voile
Qui te dérobe à tout regard mortel.
Près de toi seule, ô matinale étoile,
Mon âme trouve un avant-goût du ciel !

Quand, au réveil d'une nouvelle aurore,
Du soleil d'or on voit les premiers feux,
La tendre fleur qui commence d'éclore
Attend d'en haut un baume précieux :
C'est, du matin, la perle étincelante,

Mystérieuse et pleine de fraîcheur,
Qui, produisant une sève abondante,
Tout doucement fait entr'ouvrir la fleur.

C'est toi, Jésus, la Fleur à peine éclose.
Je te contemple à ton premier éveil ;
Cest toi, Jésus, la ravissante rose,
Le frais bouton, gracieux et vermeil.
Les bras si purs de ta Mère chérie
Forment pour toi : berceau, trône royal.
Ton doux soleil, c'est le sein de Marie,
Et ta rosée est le lait virginal.

Mon Bien-Aimé, mon divin petit Frère,
En ton regard je vois tout l'avenir :
Bientôt pour moi tu quitteras ta Mère ;
Déjà l'amour te presse de souffrir !
Mais sur la croix, ô Fleur épanouie !
Je reconnais ton parfum matinal ;
Je reconnais *les perles* de Marie :
Ton sang divin, c'est le lait virginal !

Cette rosée, elle est au sanctuaire,
L'Ange voudrait s'en abreuver aussi ;
Offrant à Dieu sa sublime prière,
Comme saint Jean il redit : « *Le Voici !* »
Oui, le Voici ce Verbe fait Hostie,
Prêtre éternel, Agneau sacerdotal ;
Le Fils de Dieu, c'est le Fils de Marie...
Le Pain de l'Ange est le lait virginal !

Le Séraphin se nourrit de la gloire,
Du pur amour et du bonheur parfait ;
Moi, faible enfant, je ne vois au ciboire
Que la couleur, la figure du lait.
Mais c'est le lait qui convient à l'enfance,
Du Cœur divin, l'amour est sans égal...
O tendre amour, insondable puissance !
Ma blanche Hostie est le lait virginal !

2 février 1893.

La Reine du Ciel à sa petite Marie

Air : *Petit oiseau, dis où vas-tu ?*

Je cherche un enfant qui ressemble
A Jésus, mon unique Agneau,
Afin de les cacher ensemble,
Tous deux en un même berceau.

L'Ange de la sainte patrie
De ce bonheur serait jaloux ;
Mais je le donne à toi, Marie,
L'Enfant-Dieu sera ton Epoux !

C'est toi-même que j'ai choisie
Pour être de Jésus la sœur.
Veux-tu lui tenir compagnie ?
Tu reposeras sur mon cœur !

Je te bercerai sous le voile
Où se cache le Roi des cieux,
Mon Fils sera la seule étoile
Désormais brillante à tes yeux.

Mais pour que, toujours, je t'abrite
Sous mon voile, près de Jésus,
Il te faudra rester petite
Avec d'enfantines vertus.

Je veux que sur ton front rayonne
La ravissante pureté;
Et la vertu que je te donne
Surtout, c'est *la simplicité.*

Le Dieu, l'Unique en trois Personnes,
Qu'adorent les Anges tremblants,
L'Eternel veut que tu lui donnes
Le simple nom de *Fleur des champs!*

Comme une blanche pâquerette
Qui toujours regarde le ciel,
Sois aussi la simple fleurette
Du petit Enfant de Noël.

Le monde méconnaît les charmes
Du Roi qui s'exile des cieux;
Bien souvent tu verras des larmes
Briller en ses doux petits yeux.

Il faudra qu'oubliant tes peines
Pour réjouir l'aimable Enfant,
Tu bénisses tes nobles chaînes,
Et que tu chantes doucement...

Le Dieu dont la toute-puissance
Arrête le flot qui mugit,
Empruntant les traits de l'enfance,
Est devenu faible et petit.

Le Verbe, Parole du Père,
Qui, pour toi, s'exile ici-bas,
Mon doux Agneau, ton petit Frère,
Enfant, ne te parlera pas...

Le silence est le premier gage
De son inexprimable amour,
Comprenant ce muet langage,
Tu l'imiteras chaque jour.

Et si parfois Jésus sommeille,
Tu reposeras près de lui ;
Son Cœur divin, qui toujours veille,
Te servira de doux appui !

Ne t'inquiète pas, Marie,
De l'ouvrage de chaque jour ;
Ton seul travail en cette vie
Doit être uniquement l'*amour !*

Et si quelqu'un vient à redire
Que tes œuvres ne se voient pas :
J'aime beaucoup, pourras-tu dire ;
Voilà mon travail ici-bas.

Jésus tressera ta couronne,
Si tu ne veux que son amour ;
Si ton cœur à lui s'abandonne,
Il te fera régner un jour.

Après la nuit de cette vie,
Tu verras son très doux regard ;
Et là-haut ton âme ravie
Volera sans aucun retard...

Noël 1894.

Composé pour une postulante nommée Marie.

Pourquoi je t'aime, ô Marie !

Air : *La plainte du mousse.*

Oh ! je voudrais chanter, Mère, pourquoi je t'aime !
Pourquoi ton nom si doux fait tressaillir mon cœur !
Et pourquoi de penser à ta grandeur suprême
Ne saurait à mon âme inspirer de frayeur
Si je te contemplais dans ta sublime gloire,
Et surpassant l'éclat de tous les Bienheureux ;
Que je suis ton enfant, je ne pourrais le croire...
Marie, ah ! devant toi je baisserais les yeux.

Il faut pour qu'un enfant puisse chérir sa mère,
Qu'elle pleure avec lui, partage ses douleurs.
O Reine de mon cœur, sur la rive étrangère,
Pour m'attirer à toi, que tu versas de pleurs !

—

En méditant ta vie écrite en l'Evangile,
J'ose te regarder et m'approcher de toi :
Me croire ton enfant, ne m'est pas difficile,
Car je te vois mortelle et souffrant comme moi.

Lorsqu'un Ange des cieux t'offre d'être la Mère
Du Dieu qui doit régner toute l'éternité,
Je te vois préférer, quel étonnant mystère !
L'ineffable trésor de la virginité.
Je comprends que ton âme, ô Vierge immaculée,
Soit plus chère au Seigneur que le divin séjour.
Je comprends que ton âme, humble et douce vallée,
Contienne mon Jésus, l'Océan de l'amour !

Je t'aime, te disant *la petite servante*
Du Dieu que tu ravis par ton humilité.
Cette grande vertu te rend toute-puissante,
Elle attire en ton cœur la Sainte Trinité !
Alors l'Esprit d'amour te couvrant de son ombre,
Le Fils égal au Père en toi s'est incarné...
De ses frères pécheurs bien grand sera le nombre,
Puisqu'on doit l'appeler : *Jésus, ton premier-né !*

Marie, ah ! tu le sais, malgré ma petitesse,
Comme toi je possède en moi le Tout-Puissant.
Mais je ne tremble pas en voyant ma faiblesse :
Le trésor de la mère appartient à l'enfant...
Et je suis ton enfant, ô ma Mère chérie !
Tes vertus, ton amour ne sont-ils pas à moi ?
Aussi, lorsqu'en mon cœur descend la blanche Hostie,
Jésus, ton doux Agneau, croit reposer en toi !

Tu me le fais sentir, ce n'est pas impossible
De marcher sur tes pas, ô Reine des élus !
L'étroit chemin du ciel, tu l'as rendu visible
En pratiquant toujours les plus humbles vertus.
Marie, auprès de toi j'aime à rester petite ;
Des grandeurs d'ici-bas je vois la vanité.
Chez sainte Elisabeth recevant ta visite,
J'apprends à pratiquer l'ardente charité.

Là, j'écoute à genoux, douce Reine des Anges,
Le cantique sacré qui jaillit de ton cœur ;
Tu m'apprends à chanter les divines louanges,
A me glorifier en Jésus mon Sauveur.
Tes paroles d'amour sont de mystiques roses
Qui doivent embaumer les siècles à venir :
En toi, le Tout-Puissant a fait de grandes choses ;
Je veux les méditer afin de l'en bénir.

Quand le bon saint Joseph ignore le miracle
Que tu voudrais cacher dans ton humilité,
Tu le laisses pleurer *tout près du tabernacle*
Qui voile du Sauveur la divine beauté,
Oh ! que je l'aime encor ton éloquent silence !
Pour moi, c'est un concert doux et mélodieux
Qui me dit la grandeur et la toute-puissance
D'une âme qui n'attend son secours que des cieux...

Plus tard, à Bethléem, ô Joseph, ô Marie,
Je vous vois repoussés de tous les habitants ;
Nul ne veut recevoir en son hôtellerie
De pauvres étrangers... la place est pour les grands !

La place est pour les grands, et c'est dans une étable
Que la Reine des cieux doit enfanter un Dieu.
O Mère du Sauveur, que je te trouve aimable !
Que je te trouve grande en un si pauvre lieu !

Quand je vois l'Eternel enveloppé de langes,
Quand, du Verbe divin, j'entends le faible cri...
Marie, à cet instant, envierais-je les Anges ?
Leur Seigneur adorable est mon Frère chéri !
Oh ! que je te bénis, toi qui sur nos rivages
As fait épanouir cette divine fleur !
Que je t'aime, écoutant les bergers et les mages,
Et gardant avec soin toute chose en ton cœur !

Je t'aime, te mêlant avec les autres femmes
Qui, vers le Temple saint, ont dirigé leurs pas ;
Je t'aime, présentant le Sauveur de nos âmes
Au bienheureux vieillard qui le presse en ses bras :
D'abord en souriant j'écoute son cantique ;
Mais bientôt ses accents me font verser des pleurs...
Plongeant dans l'avenir un regard prophétique,
Siméon te présente *un glaive de douleurs !*

O Reine des martyrs, jusqu'au soir de ta vie
Ce glaive douloureux transpercera ton cœur.
Déjà tu dois quitter le sol de ta patrie,
Pour éviter d'un roi la jalouse fureur.
Jésus sommeille en paix sous les plis de ton voile,
Joseph vient te prier de partir à l'instant ;
Et ton obéissance aussitôt se dévoile :
Tu pars sans nul retard et sans raisonnement.

Sur la terre d'Egypte, il me semble, ô Marie,
Que dans la pauvreté ton cœur reste joyeux ;
Car Jésus n'est-il pas la plus belle patrie ?
Que t'importe l'exil !... Tu possèdes les cieux !
Mais à Jérusalem une amère tristesse,
Comme un vaste océan vient inonder ton cœur...
Jésus, pendant trois jours, se cache à ta tendresse.
Alors c'est bien l'exil dans toute sa rigueur !

Enfin tu l'aperçois, et l'amour te transporte...
Tu dis au bel Enfant qui charme les Docteurs :
« *O mon Fils, pourquoi donc agis-tu de la sorte ?*
« *Voila ton père et moi qui te cherchions en pleurs !...* »
Et l'Enfant-Dieu répond (oh ! quel profond mystère!)
A la Mère qu'il aime et qui lui tend les bras :
« *Pourquoi me cherchiez-vous ?... Aux œuvres de* [*mon Père*
« *Je dois penser déjà... Ne le savez-vous pas ?*

L'Evangile m'apprend que croissant en sagesse,
A Marie, à Joseph, Jésus reste soumis ;
Et mon cœur me révèle avec quelle tendresse
Il obéit toujours à ses parents chéris.
Maintenant je comprends le mystère du Temple,
La réponse, le ton de mon aimable Roi :
Mère, ce doux enfant veut que tu sois l'exemple
De l'âme qui le cherche en la nuit de la foi...

Puisque le Roi des Cieux a voulu que sa Mère
Fût soumise à la nuit, à l'angoisse du cœur,
Alors, c'est donc un bien de souffrir sur la terre ?
Oui !... souffrir en aimant, c'est le plus pur bonheur !

Tout ce qu'il m'a donné, Jésus peut le reprendre,
Dis-lui de ne jamais se gêner avec moi ;
Il peut bien se cacher, je consens à l'attendre
Jusqu'au jour sans couchant où s'éteindra ma foi.

Je sais qu'à Nazareth, Vierge pleine de grâces,
Tu vis très pauvrement, ne voulant rien de plus :
Point de ravissements, de miracles, d'extases
N'embellissent ta vie, ô Reine des élus !
Le nombre des petits est bien grand sur la terre,
Ils peuvent, sans trembler, vers toi lever les yeux ;
Par la commune voie, incomparable Mère,
Il te plaît de marcher pour les guider aux cieux !

Pendant ce triste exil, ô ma Mère chérie,
Je veux vivre avec toi, te suivre chaque jour ;
Vierge, en te contemplant je me plonge, ravie,
Découvrant dans ton cœur des abîmes d'amour !
Ton regard maternel bannit toutes mes craintes :
Il m'apprend à pleurer, il m'apprend à jouir.
Au lieu de mépriser les jours de fêtes saintes,
Tu veux les partager, tu daignes les bénir.

Des époux de Cana voyant l'inquiétude
Qu'ils ne peuvent cacher, car ils manquent de vin,
Au Sauveur tu le dis dans ta sollicitude,
Espérant le secours de son pouvoir divin.
Jésus semble d'abord repousser ta prière :
«*Qu'importe*, répond-il, *femme, à vous comme à moi?*»
Mais, au fond de son cœur il te nomme *sa Mère*,
Et son premier miracle il l'opère pour toi !

Un jour que les pécheurs écoutent la doctrine
De celui qui voudrait au ciel les recevoir :
Je te trouve avec eux, Mère, sur la colline ;
Quelqu'un dit à Jésus que tu voudrais le voir.
Alors ton divin Fils, devant la foule entière,
De son amour pour nous montre l'immensité ;
Il dit : « *Quel est mon frère, et ma sœur, et ma mère,*
Si ce n'est celui-là qui fait ma volonté ? »

O Vierge immaculée, ô Mère la plus tendre !
En écoutant Jésus tu ne t'attristes pas,
Mais tu te réjouis qu'il nous fasse comprendre
Que notre âme devient *sa famille* ici-bas.
Oui, tu te réjouis qu'il nous donne sa vie,
Les trésors infinis de sa divinité.
Comment ne pas t'aimer, te bénir, ô Marie !
Voyant, à notre égard, ta générosité ?...

Tu nous aimes vraiment comme Jésus nous aime,
Et tu consens pour nous à t'éloigner de lui.
Aimer, c'est tout donner et se donner soi-même :
Tu voulus le prouver en restant notre appui.
Le Sauveur connaissait ton immense tendresse,
Il savait les secrets de ton cœur maternel...
Refuge des pécheurs, c'est à toi qu'il nous laisse,
Quand il quitte la croix pour nous attendre au ciel !

Tu m'apparais, Marie, au sommet du Calvaire,
Debout, près de la Croix, comme un prêtre à l'autel ;
Offrant, pour apaiser la justice du Père,
Ton bien-aimé Jésus, le doux Emmanuel.

Un prophète l'a dit, ô Mère désolée :
« *Il n'est pas de douleur semblable à ta douleur.* »
O Reine des martyrs, en restant exilée,
Tu prodigues pour nous tout le sang de ton cœur !

La maison de saint Jean devient ton seul asile ;
Le fils de Zébédée a remplacé Jésus !
C'est le dernier détail que donne l'Evangile ;
De la Vierge Marie il ne me parle plus...
Mais son profond silence, ô ma Mère chérie,
Ne révèle-t-il pas que le Verbe éternel
Veut lui-même chanter les secrets de ta vie
Pour charmer tes enfants, tous les élus du ciel ?

Bientôt je l'entendrai cette douce harmonie ;
Bientôt, dans le beau ciel, je vais aller te voir !
Toi qui vins me sourire au matin de ma vie,
Viens me sourire encor... Mère, voici le soir !
Je ne crains plus l'éclat de ta gloire suprême ;
Avec toi j'ai souffert... et je veux maintenant
Chanter sur tes genoux, Vierge, pourquoi je t'aime...
Et redire à jamais que je suis ton enfant !

Mai 1897.

A Saint Joseph

Air : *Par les chants les plus magnifiques.*

Joseph votre admirable vie
Se passa dans l'humilité ;
Mais de Jésus et de Marie
Vous contempliez la beauté !
Le Fils de Dieu dans son enfance,
Plus d'une fois, avec bonheur,
Soumis à votre obéissance
S'est reposé sur votre cœur !

Comme vous dans la solitude
Nous servons Marie et Jésus ;
Leur plaire est notre seule étude,
Nous ne désirons rien de plus.

Sainte Thérèse, notre Mère,
En vous se confiait toujours.
Elle assure que sa prière,
Vous l'exauciez d'un prompt secours.

Quand l'épreuve sera finie,
Nous en avons le doux espoir,
Près de la divine Marie,
O Père, nous irons vous voir !
Alors nous lirons votre histoire
Inconnue au monde mortel ;
Nous découvrirons votre gloire
Et la chanterons dans le ciel.

A mon Ange Gardien

Air : *Par les chants les plus magnifiques.*

Glorieux gardien de mon âme,
Toi qui brilles dans le beau ciel
Comme une douce et pure flamme,
Près du trône de l'Eternel ;
Tu viens pour moi sur cette terre,
Et m'éclairant de ta splendeur,
Bel Ange, tu deviens mon frère,
Mon ami, mon consolateur !

Connaissant ma grande faiblesse,
Tu me diriges par la main ;
Et je te vois, avec tendresse,
Oter la pierre du chemin.
Toujours ta douce voix m'invite
A ne regarder que les cieux ;
Plus tu me vois humble et petite,
Et plus ton front est radieux.

O toi qui traverses l'espace
Plus promptement que les éclairs,
Vole bien souvent à ma place
Auprès de ceux qui me sont chers.
De ton aile sèche leurs larmes.
Chante combien Jésus est bon !
Chante que souffrir a des charmes,
Et tout bas murmure mon nom.

Je veux, pendant ma courte vie,
Sauver mes frères les pécheurs ;
O bel Ange de la patrie,
Donne-moi tes saintes ardeurs.
Je n'ai rien que mes sacrifices,
Et mon austère pauvreté :
Unis à tes pures délices,
Offre-les à la Trinité.

A toi, le royaume et la gloire,
Les richesses du Roi des rois.
A moi, le Pain du saint ciboire,
A moi, le trésor de la Croix.
Avec la Croix, avec l'Hostie,
Avec ton céleste secours,
J'attends en paix, de l'autre vie,
Le bonheur qui dure toujours !

Février 1897.

A mes petits Frères du Ciel
les Saints Innocents

Air : *Le fil de la Vierge* ou *La Rose mousse*.

Heureux petits enfants ! avec quelles tendresses
Le Roi des cieux
Vous bénit autrefois, et combla de caresses
Vos fronts joyeux !
De tous les Innocents vous étiez la figure,
Et j'entrevois
Les biens que, dans le ciel, vous donne sans mesure
Le Roi des rois.

Vous avez contemplé les immenses richesses
Du Paradis.
Avant d'avoir connu nos amères tristesses,
Chers petits lis !

O boutons parfumés, moissonnés dès l'aurore
Par le Seigneur...
Le doux soleil d'amour qui sut vous faire éclore,
Ce fut son Cœur !

Quels ineffables soins, quelle tendresse exquise,
Et quel amour
Vous prodigue ici-bas notre Mère l'Eglise,
Enfants d'un jour !
Dans ses bras maternels vous fûtes en prémices
Offerts à Dieu ;
Toute l'éternité, vous ferez les délices
Du beau ciel bleu.

Enfants, vous composez le virginal cortège
Du doux Agneau ;
Et vous pouvez redire, étonnant privilège !
Un chant nouveau.
Vous êtes, sans combats, parvenus à la gloire
Des conquérants ;
Le Sauveur a pour vous remporté la victoire,
Vainqueurs charmants !

On ne voit point briller de pierres précieuses
Dans vos cheveux,
Seul, le reflet doré de vos boucles soyeuses
Ravit les cieux...
Les trésors des élus, leurs palmes, leurs couronnes,
Tout est à vous !
Dans la sainte patrie, enfants, vos riches trônes
Sont leurs genoux,

Ensemble vous jouez avec les petits anges
Près de l'autel ;
Et vos chants enfantins, gracieuses phalanges,
Charment le ciel !
Le bon Dieu vous apprend comment il fait les roses,
L'oiseau, les vents ;
Nul génie ici-bas ne sait autant de choses
Que vous, Enfants !

Du firmament d'azur, soulevant tous les voiles
Mystérieux,
En vos petites mains vous prenez les étoiles
Aux mille feux.
En courant vous laissez une trace argentée ;
Souvent le soir,
Quand je vois la blancheur de la route lactée,
Je crois vous voir...

Dans les bras de Marie, après toutes vos fêtes,
Vous accourez ;
Sous son voile étoilé cachant vos blondes têtes,
Vous sommeillez...
Charmants petits lutins, votre enfantine audace
Plaît au Seigneur ;
Vous osez caresser son adorable face,
Quelle faveur !

C'est vous que le Seigneur me donna pour modèle,
Saints Innocents !
Je veux être ici-bas votre image fidèle,
Petits enfants.

Ah ! daignez m'obtenir les vertus de l'enfance ;
Votre candeur,
Votre abandon parfait, votre aimable innocence
Charment mon cœur.

O Seigneur, tu connais, de mon âme exilée,
Les vœux ardents.
Je voudrais moissonner, beau Lis de la vallée,
Des lis brillants...
Ces boutons printaniers, je les cherche et les aime
Pour ton plaisir ;
Sur eux daigne verser l'eau sainte du baptême :
Viens les cueillir !

Oui, je veux augmenter la candide phalange
Des Innocents ;
Ma joie et mes douleurs, j'offre tout en échange
D'âmes d'enfants.
Parmi ces Innocents je réclame une place,
Roi des élus,
Comme eux, je veux au ciel baiser ta douce Face,
O mon Jésus !

Février 1897.

La Mélodie de Ste Cécile

O Sainte du Seigneur, je contemple ravie
Le sillon lumineux qui demeure après toi ;
Je crois entendre encor ta douce mélodie,
Oui, ton céleste chant arrive jusqu'à moi.
De mon âme exilée écoute la prière,
Laisse-moi reposer sur ton cœur virginal ;
Ce lis immaculé qui brilla sur la terre
D'un éclat merveilleux et presque sans égal.
O très chaste colombe, en traversant la vie
Tu ne cherchas jamais d'autre époux que Jésus ;
Ayant choisi ton âme, il se l'était unie,
La trouvant embaumée et riche de vertus.

Cependant, un mortel, radieux de jeunesse,
Respira ton parfum, blanche et céleste fleur ;
Afin de te cueillir, de gagner ta tendresse,
Valérien voulut te donner tout son cœur.
Bientôt il prépara des noces magnifiques,
Son palais retentit de chants mélodieux ;
Mais ton cœur virginal redisait des cantiques
Dont l'écho tout divin s'élevait jusqu'aux cieux...
Que pouvais-tu chanter si loin de ta patrie,
Et voyant près de toi ce fragile mortel ?
Sans doute, tu voulais abandonner la vie
Et t'unir pour jamais à Jésus dans le ciel ?
Mais non ! j'entends vibrer ta lyre séraphique,
Lyre de ton amour, dont l'accent fut si doux ;
Tu chantais au Seigneur ce sublime cantique :
« *Conserve mon cœur pur, Jésus, mon tendre Epoux !* »
Ineffable abandon ! divine mélodie !
Tu révèles l'amour par ton céleste chant :
L'amour qui ne craint pas, qui s'endort et s'oublie
Sur le Cœur de son Dieu, comme un petit enfant...

Dans la voûte d'azur parut la blanche étoile
Qui venait éclairer, de ses timides feux,
La lumineuse nuit qui nous montra sans voile
Le virginal amour des époux dans les cieux.

. . . .

Alors Valérien rêvait la jouissance,
Cécile, ton amour était tout son désir ;
Il trouva plus encor dans ta noble alliance :
Tu lui montras d'en haut l'éternel avenir !

« Jeune ami, lui dis-tu, près de moi toujours veille
« Un Ange du Seignenr qui garde mon cœur pur ;
« Il ne me quitte pas, même quand je sommeille,
« Et me couvre joyeux de ses ailes d'azur.
« La nuit, je vois briller son aimable visage
« D'un éclat bien plus doux que les feux du matin.
« Sa face me paraît la transparente image,
« Le pur rayonnement du Visage divin. »
Valérien reprit : « Montre-moi ce bel Ange,
« Afin qu'à ton serment je puisse ajouter foi ;
« Autrement, crains déjà que mon amour se change
« En terrible fureur, en haine contre toi. »

O colombe cachée aux fentes de la pierre,
Tu ne redoutais pas les filets du chasseur !
La Face de Jésus te montrait sa lumiere,
L'Evangile sacré reposait sur ton cœur...
Tu lui dis aussitôt avec un doux sourire :
« Mon céleste Gardien exauce ton désir ;
« Bientôt tu le verras, il daignera te dire
« Que pour voler aux cieux, tu dois être martyr...
« Mais avant de le voir il faut que le baptême
« Répande dans ton âme une sainte blancheur ;
« Il faut que le vrai Dieu l'habite par lui-même,
« Il faut que l'Esprit-Saint donne vie à ton cœur.
« Le Verbe, Fils du Père, et le Fils de Marie,
« Dans son immense amour s'immole sur l'autel ;
« Tu dois aller t'asseoir au Banquet de la vie,
« Afin de recevoir Jésus, le Pain du Ciel.
« Alors le Séraphin t'appellera son frère,

« Et, voyant dans ton cœur le trône de son Dieu,
« Il te fera quitter les plages de la terre ;
« Tu verras le séjour de cet esprit de feu. —
« Je sens brûler mon cœur d'une nouvelle flamme »,
S'écria, transformé, l'ardent patricien ;
« Je veux que le Seigneur habite dans mon âme,
« Cécile, mon amour sera digne du tien ! »

Revêtu de la robe, emblème d'innocence,
Valérien put voir le bel Ange des cieux ;
Il contempla ravi sa sublime puissance,
Il vit le doux éclat de son front radieux.
Le brillant Séraphin tenait de fraîches roses,
Il tenait de beaux lis éclatants de blancheur...
Dans les jardins du ciel, ces fleurs étaient écloses
Sous les rayons d'amour de l'Astre créateur :

« Epoux chéris des cieux, les roses du martyre
« Couronneront vos fronts, dit l'Ange du Seigneur,
« Il n'est pas une voix, il n'est pas une lyre
« Capable de chanter cette grande faveur.
« Je m'abîme en mon Dieu, je contemple ses charmes.
« Mais je ne puis pour lui m'immoler et souffrir,
« Je ne puis lui donner ni mon sang, ni mes larmes ;
« Pour dire mon amour, je ne saurais mourir.
« La pureté, de l'Ange est le brillant partage,
« Son immense bonheur ne doit jamais finir ;
« Mais sur le Séraphin vous avez l'avantage :
« Vous pouvez être purs et vous pouvez souffrir !

. . . .

« De la virginité, vous voyez le symbole
« Dans ces lis embaumés, doux présent de l'Agneau ;
« Vous serez couronnés de la blanche auréole,
« Vous chanterez toujours le cantique nouveau...
« Votre chaste union enfantera des âmes
« Qui ne rechercheront d'autre époux que Jésus ;
« Vous les verrez briller comme de pures flammes,
« Près du trône divin, au séjour des élus.»

Cécile, prête-moi ta douce mélodie ;
Je voudrais convertir à Jésus tant de cœurs !
Je voudrais, comme toi, sacrifier ma vie,
Je voudrais lui donner tout mon sang et mes pleurs.
Obtiens-moi de goûter, sur la rive étrangère,
Le parfait abandon, ce doux fruit de l'amour ;
O Sainte de mon cœur ! bientôt, loin de la terre,
Obtiens-moi de voler près de toi sans retour...

28 avril 1893.

Cantique de Ste Agnès

Air: *Le Lac.* (NIEDERMEYER.)

Le Christ est mon amour, il est toute ma vie,
Il est le fiancé qui seul ravit mes yeux :
J'entends déjà vibrer de sa douce harmonie
Les sons mélodieux.

Mes cheveux sont ornés de pierres précieuses,
Déjà brille à mon doigt son anneau nuptial ;
Il a daigné couvrir d'étoiles lumineuses
Mon manteau virginal.

Il a paré ma main de perles sans pareilles,
Il a mis à mon cou des colliers de grand prix ;
En ce jour bienheureux, brillent à mes oreilles
De célestes rubis.

Oui, je suis fiancée à Celui que les Anges
Serviront en tremblant toute l'éternité :
La lune et le soleil racontent ses louanges,
Admirent sa beauté.

Son empire est le ciel, sa nature est divine,
Une Vierge ici-bas, pour Mère il se choisit ;
Son Père est le vrai Dieu qui n'a pas d'origine,
Il est un pur esprit.

Lorsque j'aime le Christ et lorsque je le touche,
Mon cœur devient plus pur, je suis plus chaste encor ;
De la virginité, le baiser de sa bouche
M'a donné le trésor...

Il a déjà posé son signe sur ma face,
Afin que nul amant n'ose approcher de moi ;
Mon cœur est soutenu par la divine grâce
De mon aimable Roi.

De son sang précieux je suis tout empourprée,
Je crois goûter déjà les délices du ciel !
Et je puis recueillir sur sa bouche sacrée
Le lait avec le miel.

Aussi je ne crains rien, ni le fer ni la flamme,
Non, rien ne peut troubler mon ineffable paix ;
Et le feu de l'amour qui consume mon âme
Ne s'éteindra jamais...

Au B^x Théophane Vénard

Air : *Les adieux du Martyr.*

Tous les élus célèbrent tes louanges,
O Théophane, angélique martyr !
Et je le sais, dans les saintes phalanges,
Le Séraphin aspire à te servir.
Ne pouvant pas, sur la rive étrangère,
Mêler ma voix à celles des élus,
Je veux du moins, sur cette pauvre terre,
Prendre ma lyre et chanter tes vertus.

Ton court exil fut comme un doux cantique
Dont les accents savaient toucher les cœurs.
Et, pour Jésus, ton âme poétique,
A chaque instant, faisait naître des fleurs...

En t'élevant vers la céleste sphère,
Ton chant d'adieu fut encor printanier;
Tu murmurais : « *Moi, petit éphémère,*
« *Dans le beau ciel, je m'en vais le premier !* »

Heureux martyr, à l'heure du supplice,
Tu savourais le bonheur de souffrir !
Souffrir pour Dieu te semblait un délice ;
En souriant tu sus vivre et mourir.
A ton bourreau tu t'empressas de dire,
Lorsqu'il t'offrit d'abréger ton tourment :
« *Plus durera mon douloureux martyre,*
« *Mieux ça vaudra, plus je serai content !* »

Lis virginal, au printemps de ta vie,
Le Roi du ciel entendit ton désir ;
Je vois en toi « *la fleur épanouie*
Que le Seigneur cueillit pour son plaisir ».
Et maintenant tu n'es plus exilée,
Les bienheureux admirent ta splendeur ;
Rose d'amour, la Vierge immaculée,
De ton parfum respire la fraîcheur...

Soldat du Christ, ah ! prête-moi tes armes,
Pour les pécheurs, je voudrais ici-bas
Lutter, souffrir, donner mon sang, mes larmes :
Protège-moi, viens soutenir mon bras.

Je veux pour eux, ne cessant pas la guerre,
Prendre d'assaut le royaume de Dieu ;
Car le Seigneur apporta sur la terre,
Non pas la paix, mais le glaive et le feu.

Je la chéris, cette plage infidèle
Qui fut l'objet de ton ardent amour ;
Avec bonheur je volerais vers elle,
Si mon Jésus le demandait un jour...
Mais devant lui s'effacent les distances ;
Il n'est qu'un point tout ce vaste univers !
Mes actions, mes petites souffrances
Font aimer Dieu jusqu'au delà des mers.

Ah ! si j'étais une fleur printanière
Que le Seigneur voulût bientôt cueillir !
Descends du ciel à mon heure dernière,
Je t'en conjure, ô Bienheureux martyr !
De ton amour aux virginales flammes,
Viens m'embraser en ce séjour mortel,
Et je pourrai voler avec les âmes
Qui formeront ton cortège éternel.

2 février 1897.

Prière de Jeanne d'Arc dans sa prison

Air : *La plainte du Mousse.*

Mes voix me l'ont prédit : me voici prisonnière ;
Je n'attends de secours que de vous, ô mon Dieu !
Pour votre seul amour j'ai quitté mon vieux père,
Ma campagne fleurie et mon ciel toujours bleu ;
J'ai quitté mon vallon, ma mère bien-aimée,
Et montrant aux guerriers l'étendard de la croix,
Seigneur, en votre nom j'ai commandé l'armée :
Les plus grands généraux ont entendu ma voix.

Une sombre prison, voilà ma récompense,
Le prix de mes travaux, de mon sang, de mes pleurs...
Je ne reverrai plus les lieux de mon enfance,
Ma riante prairie avec ses mille fleurs...

Je ne reverrai plus la montagne lointaine
Dont le sommet neigeux se plonge dans l'azur,
Et je n'entendrai plus de la cloche incertaine,
Le son doux et rêveur onduler dans l'air pur...

Dans mon cachot obscur, je cherche en vain l'étoile
Qui scintille le soir au firmament si beau !
La feuillée, au printemps, qui me servait de voile,
Lorsque je m'endormais en gardant mon troupeau.
Ici, quand je sommeille au milieu de mes larmes,
Je rêve les parfums, la fraîcheur du matin ;
Je rêve mon vallon, les bois remplis de charmes,
Mais le bruit de mes fers me réveille soudain...
. . . .

Seigneur, pour votre amour j'accepte le martyre,
Je ne redoute plus ni la mort ni le feu,
C'est vers vous, ô Jésus, que mon âme soupire ;
Je n'ai plus qu'un désir, et c'est vous, ô mon Dieu !
Je veux prendre ma croix, doux Sauveur, et vous suivre,
Mourir pour votre amour, je ne veux rien de plus ;
Je désire mourir pour commencer à vivre,
Je désire mourir pour m'unir à Jésus.

1897.

Les voix de Jeanne pendant son martyre

Air : *Au sein de l'heureuse patrie.*

Nous descendons de la rive éternelle,
Pour te sourire et t'emporter aux cieux;
Vois en nos mains la couronne immortelle
Qui brillera sur ton front glorieux.

Viens avec nous, vierge chérie,
Oh ! viens en notre beau ciel bleu :
Quitte l'exil pour la patrie,
Viens jouir de la vie,
Fille de Dieu !

De ce bûcher la flamme est embrasée,
Mais plus ardent est l'amour de ton Dieu;

Bientôt pour toi l'éternelle rosée
Va remplacer le supplice du feu.

Enfin voici la délivrance,
Regarde, Ange libérateur...
Déjà la palme se balance.
Vers toi Jésus s'avance,
Fille au grand cœur !

Vierge martyre, un instant de souffrance
Va te conduire au repos éternel.
Ne pleure pas, ta mort sauve la France ;
A ses enfants tu dois ouvrir le ciel !

Jeanne, expirant.

J'entre dans l'éternelle vie,
Je vois les anges, les élus...
Je meurs pour sauver ma patrie !
Venez, Vierge Marie ;
« *Jésus... Jésus !...* »

Prière de la France à Jeanne d'Arc

Air : *Rappelle-toi.*

Oh ! souviens-toi, Jeanne, de ta Patrie,
De tes vallons tout émaillés de fleurs.
Rappelle-toi la riante prairie
Que tu quittas pour essuyer mes pleurs.
O Jeanne, souviens-toi que tu sauvas la France,
Comme un ange des cieux tu guéris ma souffrance.
Ecoute dans la nuit
La France qui gémit :
Rappelle-toi !

Rappelle-toi tes brillantes victoires,
Les jours bénis de Reims et d'Orléans ;
Rappelle-toi que tu couvris de gloires,
Au nom de Dieu, le royaume des Francs.

Maintenant, loin de toi, je souffre et je soupire.
Viens encor me sauver, Jeanne, douce martyre !
Daigne briser mes fers...
Des maux que j'ai soufferts,
Oh ! souviens-toi !

Je viens à toi, les bras chargés de chaînes,
Le front voilé, les yeux baignés de pleurs ;
Je ne suis plus grande parmi les reines,
Et mes enfants m'abreuvent de douleurs !
Dieu n'est plus rien pour eux! ils délaissent leur Mère !
O Jeanne, prends pitié de ma tristesse amère !
Reviens « fille au grand cœur ».
Ange libérateur,
J'espère en toi !

1894.

Le Petit Mendiant de Noël

RÉCRÉATION PIEUSE

Un ange portant l'Enfant Jésus dans ses bras chante ce qui suit:

Air: SANCTA MARIA. *J'ai vu les séraphins en songe.* (FAURE.)

Au nom de Celui que j'adore
Mes sœurs, je viens tendre la main,
Et chanter pour l'Enfant divin,
Car il ne peut parler encore !
Pour Jésus, l'Exilé du ciel,
Je n'ai rencontré dans le monde
Qu'une indifférence profonde ;
C'est pourquoi je viens au Carmel.

Toujours, toujours, que vos caresses,
Votre louange et vos tendresses,
Soient pour l'Enfant !
Brûlez d'amour, âme ravie ;
Un Dieu pour vous s'est fait mortel

O mystère touchant ! Celui qui vous mendie
C'est le Verbe éternel !

O mes sœurs, approchez sans crainte :
Venez, chacune à votre tour,
Offrir à Jésus votre amour ;
Vous saurez sa volonté sainte.
Je vous apprendrai le désir
De l'Enfant couché dans les langes,
A vous, pures comme des anges
Et qui, de plus, pouvez souffrir !

Toujours, toujours, que vos souffrances,
Et de même vos jouissances
Soient pour l'Enfant !
Brûlez d'amour, âme ravie ;
Un Dieu pour vous s'est fait mortel.
O mystère touchant ! Celui qui vous mendie
C'est le Verbe éternel !

L'Ange ayant déposé l'Enfant Jésus dans la crèche, présente à la Mère Prieure, puis à toutes les Carmélites, une corbeille remplie de billets ; chacune en prend un au hasard et, sans l'ouvrir, le donne à l'Ange qui chante l'aumône demandée par le divin Enfant.

Les strophes suivantes se chantent sur l'air de *Noël* (d'Holmès)

Un trône d'or.

De Jésus, votre seul trésor,
Ecoutez le désir aimable :
Il vous demande un *trône d'or*,
N'en trouvant aucun dans l'étable.

L'étable est comme le pécheur,
Où Jésus ne voit nulle chose
Qui puisse réjouir son Cœur,
Où jamais il ne se repose...
Sauvez, ma sœur,
L'âme du pécheur !
Vers ce *trône*, Jésus soupire,
Mais, plus encor,
Pour son *trône d'or*,
C'est votre cœur pur qu'il désire.

Du lait.

Celui qui nourrit les élus
De sa sainte et divine essence
S'est fait pour vous l'Enfant Jésus ;
Il réclame votre assistance !
Au ciel son bonheur est parfait ;
Mais il est pauvre sur la terre...
Donnez, ma sœur, *un peu de lait*
A Jésus votre petit Frère !
Il vous sourit,
Tout bas vous redit :
C'est la simplicité que j'aime.
Noël ! Noël !
Je descends du ciel ;
Mon doux *lait d'amour* c'est toi-même.

Des petits oiseaux.

Ma sœur, vous brûlez de savoir
Ce que l'Enfant Jésus désire ;
Eh bien ! je vous dirai ce soir
Comment vous le ferez sourire :
Attrapez des *oiseaux charmants* ;
Faites-les voler dans l'étable.
Ils sont l'image des enfants
Que chérit le Verbe adorable.
A leurs doux chants,
Leurs gazouillements,
Son visage enfantin rayonne,
Priez pour eux ;
Un jour dans les cieux,
Ils formeront votre couronne.

Une étoile.

Parfois lorsque le ciel est noir
Et couvert d'un nuage sombre,
Jésus est bien triste le soir,
Etant sans lumière, dans l'ombre.
Pour réjouir l'Enfant Jésus,
Comme une *étoile scintillante,*
Brillez par toutes vos vertus...
Soyez une lumière ardente !
Ah ! que vos feux,
Les guidant aux cieux,

Des pécheurs déchirent le voile.
L'Enfant divin,
L'Astre du matin,
Vous choisit pour *sa douce étoile.*

Une lyre.

Ecoutez, ma petite sœur,
Ce que l'Enfant Jésus désire :
Il vous demande *votre cœur*
Pour sa *mélodieuse lyre !*
Il avait bien, dans son beau ciel,
L'harmonie et l'encens des Anges ;
Mais il veut que, sur le Carmel,
Comme eux, vous chantiez ses louanges.
Aimable sœur,
C'est de votre cœur
Que Jésus veut la mélodie...
La nuit, le jour.
En des chants d'amour,
Se consumera votre vie.

Des roses.

Votre âme est un lis embaume
Qui charme Jésus et sa Mère ;
Ecoutez votre Bien-Aimé
Dire tout bas avec mystère :
Ah ! si je chéris la blancheur
Des lis, symboles d'innocence,
J'aime aussi la riche couleur
Des roses de la pénitence.

Lorsque tes pleurs
Arrosent les cœurs,
Quel charmant plaisir tu me causes !
Car je pourrai,
Tant que je voudrai,
A pleines mains, cueillir *des roses.*

Une vallée.

Comme, par l'éclat du soleil,
La nature est tout embellie ;
Qu'il dore de son feu vermeil
Et la vallée, et la prairie :
Ainsi Jésus, Soleil divin,
N'approche rien qu'il ne le dore.
Il resplendit à son matin,
Bien plus qu'une brillante aurore.
A son réveil,
Le divin Soleil
Répand sur votre âme exilée,
Avec ses dons,
Ses plus chauds rayons :
Soyez *sa riante vallée !...*

Des moissonneurs.

Là-bas, sous d'autres horizons,
Malgré les frimas et la neige,
Déjà se dorent les moissons
Que le divin Enfant protège.

Mais, hélas ! pour les recueillir
Il faudrait de brûlantes âmes :
Des *Moissonneurs* voulant souffrir,
Se jouant du fer et des flammes ;
Noël, Noël !
Je viens au Carmel.
Sachant que mes vœux sont les vôtres,
Au doux Sauveur
Enfantez, ma sœur,
Un grand nombre *d'âmes d'apôtres*...

Une grappe de raisin.

Je voudrais un fruit savoureux,
Une *grappe* toute dorée,
Pour rafraîchir du Roi des cieux
La petite bouche altérée.
Ma sœur, qu'il est doux votre sort !
C'est vous cette *grappe choisie* ;
Jésus vous pressera bien fort
Dans sa main mignonne et chérie.
En cette nuit,
Il est trop petit
Pour manger le raisin lui-même.
Le jus sucré,
Par lui tout doré,
Voilà simplement ce qu'il aime !

Une petite hostie.

Jésus, le bel Enfant divin,
Pour vous communiquer sa vie,
Transforme en lui, chaque matin,
Une petite et blanche hostie ;
Avec bien plus d'amour encor,
Il veut vous changer en lui-même.
Votre cœur est son cher trésor,
Son bonheur, son plaisir suprême.
Noël ! Noël !
Je descends du ciel,
Pour dire à votre âme ravie :
L'Agneau si doux
S'abaisse vers vous ;
Soyez *sa blanche et pure hostie !*

Les strophes suivantes
se chantent sur l'air : *Au Rossignol* (Gounod).

Un sourire.

Le monde méconnaît les charmes
De Jésus, votre aimable Epoux,
Et je vois de petites larmes
Scintiller en ses yeux si doux.
Consolez, ô ma sœur chérie,
Cet enfant qui vous tend les bras.
Pour le charmer, je vous en prie,
Souriez toujours ici-bas !

Voyez... son regard semble dire :
Lorsque tu souris à tes sœurs,
O mon épouse, *ton sourire*
Suffit pour essuyer mes pleurs!

Un jouet.

Voulez-vous être sur la terre
Le *jouet* de l'Enfant divin?
Ma sœur, désirez-vous lui plaire?
Restez en sa petite main.
Si l'aimable Enfant vous caresse,
S'il vous approche de son Cœur,
Ou si, parfois, il vous délaisse,
De tout, faites votre bonheur.
Recherchez toujours ses caprices,
Vous charmerez ses yeux divins,
Désormais, toutes vos délices
Seront ses désirs enfantins.

Un oreiller.

Dans la crèche où Jésus repose,
Souvent je le vois s'éveiller.
Voulez-vous en savoir la cause?
Il n'y trouve pas d'oreiller!
Je le sais, votre âme n'aspire
Qu'à le consoler nuit et jour;
Eh bien! *l'oreiller* qu'il désire,
C'est *votre cœur* brûlant d'amour.

Ah ! soyez toujours humble et douce,
Et le plus chéri des Trésors
Pourra vous dire : Mon épouse,
En toi doucement je m'endors !...

Une fleur.

La terre est couverte de neige,
Partout règnent les durs frimas.
L'hiver et son triste cortège
Ont flétri les fleurs d'ici-bas.
Mais pour vous s'est épanouie
La ravissante *Fleur des champs*
Qui vient de la sainte Patrie,
Où règne un éternel printemps.
Ma sœur, cachez-vous dans l'herbette
Près de la rose de Noël ;
Et soyez aussi *la fleurette*
De votre Epoux, le Roi du ciel.

Du pain.

Chaque jour en votre prière,
Parlant à l'Auteur de tout bien,
Vous répétez : O notre Père !
Donnez-nous le pain quotidien.
Ce Dieu, qui s'est fait votre Frère,
Comme vous, souffre de la faim.
Ecoutez son humble prière :
Il vous demande *un peu de pain!*

O ma sœur, soyez-en bien sûre,
Jésus ne veut que votre amour.
Il se nourrit de l'âme pure;
Voilà *son pain de chaque jour.*

Un miroir.

Tout enfant aime qu'on le place
Devant un fidèle miroir,
Alors il sourit avec grâce
A l'autre petit qu'il croit voir.
Ah! venez dans la pauvre étable :
Votre âme est un cristal brillant;
Reflétez le Verbe adorable,
Les charmes du Dieu fait enfant...
Oui, soyez la vivante image,
Le *pur miroir* de votre Epoux ;
L'éclat divin de son Visage,
Il veut le contempler en vous.

Un palais.

Les grands, les nobles de la terre
Ont tous des palais somptueux ;
Des masures sont, au contraire,
Les asiles des malheureux.
Ainsi, voyez dans une étable
Le petit pauvre de Noël :
Il voile sa gloire ineffable
En quittant son palais du ciel.

La pauvreté, votre cœur l'aime.
En elle vous trouvez la paix ;
Aussi c'est votre cœur lui-même
Que Jésus veut pour *son palais !*

Une couronne de lis.

Les pécheurs couronnent d'épines
La tête aimable de Jésus.
Admirez les grâces divines
Que la terre ne connaît plus...
Oh ! que votre âme virginale
Lui fasse oublier ses douleurs ;
Et pour *sa couronne royale,*
Offrez-lui les vierges, vos sœurs.
Approchez tout près de son trône ;
Pour charmer ses yeux ravissants,
Devant lui, tressez *sa couronne :*
Formez-la *de beaux lis brillants !*

Les strophes suivantes
se chantent sur l'air du *Passant.* (Massenet).

Des bonbons.

Ma sœur, les petits poupons
Aiment beaucoup *les bonbons ;*
Remplissez-en donc bien vite,
De Jésus la blanche main.
A ce don, l'Enfant divin
Par son regard vous invite.

Les pralines du Carmel
Qui charment le Roi du ciel,
Ce sont tous vos sacrifices.
Ma sœur, votre austérité,
Votre grande pauvreté,
De Jésus font les délices !

Une caresse.

A vous le petit Jésus
Ne demande rien de plus
Qu'une très douce *caresse.*
Donnez-lui tout votre amour ;
Et vous saurez en retour
La charité qui le presse.
Si quelqu'une de vos sœurs
Venait à verser des pleurs,
Aussitôt, avec tendresse,
Suppliez l'Enfant divin,
Que, de sa petite main,
Doucement *il la caresse.*

Un berceau.

Sur terre il est peu de cœurs
Qui n'aspirent aux faveurs
De Jésus, le Roi de gloire ;
Mais, s'il vient à s'endormir,
Ils cessent de le servir,
En lui ne voulant plus croire.

Si vous saviez le plaisir
Que l'Enfant trouve à dormir
Sans crainte qu'on le réveille,
Vous serviriez de *berceau*
A Jésus, le doux Agneau
Souriant lorsqu'il sommeille.

Des langes.

Voyez que l'aimable Enfant,
De son petit doigt charmant,
Vous montre la paille sèche.
Ah ! comprenez son amour,
Et garnissez en ce jour,
De langes sa pauvre crèche.

Excusant toujours vos sœurs,
Vous gagnerez les faveurs
De Jésus le Roi des Anges ;
C'est l'ardente charité,
L'aimable simplicité
Qu'il réclame pour *ses langes*.

Du feu.

Ma sœur, le petit Jésus,
Le doux foyer des élus,
Tremble de froid dans l'étable...
Cependant, au beau ciel bleu,
Des Anges, flammes de feu,
Servent le Verbe adorable.

Mais, sur la terre, c'est vous
Le foyer de votre Epoux...
Il vous demande *vos flammes.*
C'est vous qui devez, ma sœur,
Pour réchauffer le Sauveur,
Embraser toutes les âmes !

Un gâteau.

Vous savez que tout enfant
Préfère un gâteau brillant
A la gloire d'un empire.
Offrez donc au Roi des cieux
Un gâteau délicieux,
Et vous le verrez sourire.

Savez-vous, du Roi des rois,
Quel est *le gâteau de choix ?*
C'est la prompte obéissance.
Votre Epoux vous ravissez,
Lorsque vous obéissez
Comme lui, dans son enfance.

Du miel.

Aux premiers feux du matin,
Formant son riche butin,
On voit la petite abeille
Voltiger de fleur en fleur,
Visitant avec bonheur
Les corolles qu'elle éveille.

Ainsi butinez l'amour,
Et revenez chaque jour,
Près de la crèche sacrée,
Offrir au divin Sauveur
Le miel de votre ferveur,
Petite abeille dorée!

Un agneau.

Pour charmer le doux Agneau,
Ne garde plus de troupeau ;
Et, délaissant toute chose,
Ne songez qu'à le ravir ;
Désirez le bien servir,
Tout le temps qu'il se repose.

O ma sœur, dès aujourd'hui,
Abandonnez-vous à lui,
Et vous dormirez ensemble...
Marie, allant au berceau,
Verra près de son Agneau
Un agneau qui lui ressemble!

L'Ange, ayant pris de nouveau l'Enfant Jésus dans ses bras, chante ce qui suit :

Air : « Ainsi soit-il. »
Chaque matin dans sa prière... (Rupès.)

L'Enfant divin vous remercie ;
Il est charmé de tous vos dons.
Aussi, dans son Livre de vie,
Il les écrit avec vos noms.

Jésus a trouvé ses délices
En ce Carmel :
Et pour payer vos sacrifices,
Il a son beau ciel !

Si vous êtes toujours fidèles
A contenter le doux Trésor,
L'amour vous donnera des ailes
Pour voler d'un sublime essor !

Un jour dans la sainte patrie,
Après l'exil,
Vous verrez Jésus et Marie :
Ainsi soit-il !

Noël 1895.

Les Anges à la Crèche

FRAGMENT

O Verbe-Dieu, gloire du Père,
Nous te contemplions au Ciel ;
Maintenant nous voyons sur terre
Le Très-Haut devenu mortel !
Enfant dont la lumière inonde
Les Anges du divin séjour,
Jésus ! tu viens sauver le monde,
Qui donc comprendra ton amour ?

Depuis que la terre des larmes
Possède l'Unique Trésor,
Les Cieux ayant perdu leurs charmes
Vers toi nous avons pris l'essor.

Nous te couvrirons de nos ailes,
Te suivrons partout ici-bas,
Et, toutes les fleurs les plus belles,
Nous les sèmerons sous tes pas.

Veux-tu, d'une étoile brillante,
Que nous te formions un berceau ?
Et, de la neige éblouissante,
Que nous te fassions un rideau ?
Veux-tu, des lointaines montagnes,
Que nous abaissions les hauteurs ?
Veux-tu que, pour toi, les campagnes
Produisent de célestes fleurs ?

De Dieu la fleur est le sourire,
Elle est l'écho lointain du Ciel,
Le son fugitif de la lyre
Que tient en sa main l'Eternel.
Cette note mélodieuse
De la bonté du Créateur
Veut, de sa voix mystérieuse,
Glorifier le Dieu Sauveur.

Douce mélodie,
Suave harmonie,
Silence des fleurs,
D'un Dieu vous chantez les grandeurs.

Nous savons bien que tes amies,
Jésus, sont les vivantes fleurs...

Tu viens des célestes prairies
Pour chercher les âmes, tes sœurs ;
Une âme est la fleur embaumée,
Enfant, que tu voudrais cueillir !
Ta petite main l'a semée
Et, pour elle, tu veux mourir !

Mystère ineffable !
Le Verbe adorable
Versera des pleurs
En cueillant sa moisson de fleurs.

Dans l'avenir, au Sanctuaire,
Nous fixerons notre séjour,
Nous t'offrirons notre prière
Et l'hymne d'un ardent amour.
Sur notre lyre harmonieuse,
Nous chanterons le Dieu Sauveur,
Et la manne délicieuse
Qui nourrit l'âme du pécheur.

Si nous pouvions, au Tabernacle,
Nous nourrir aussi de ce Pain !
Si nous pouvions, par un miracle,
Boire à longs traits le Sang divin !
Du moins à l'âme aimante et sainte,
Nous communiquerons nos feux,
Afin que, sans la moindre crainte,
Elle approche du Roi des Cieux.

JÉSUS

Je vous chéris, ô pures flammes,
Anges du céleste Séjour ;
Comme vous, j'aime aussi les âmes,
Je les aime d'un grand amour.
Je les ai faites pour moi-même,
J'ai fait leurs désirs infinis,
Et la plus petite qui m'aime
Devient pour moi le Paradis...

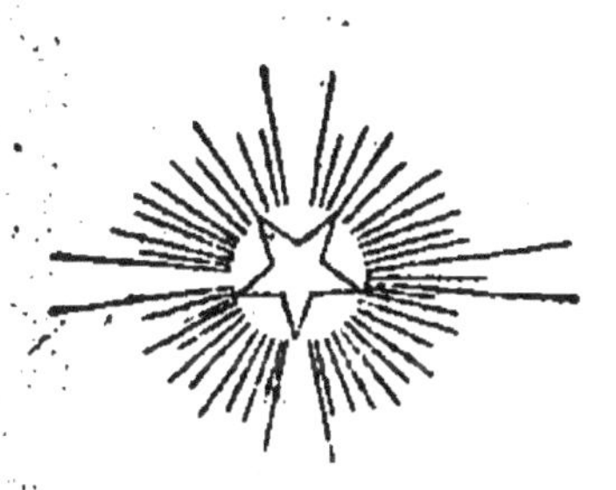

Jésus à Béthanie

FRAGMENT

MARIE-MADELEINE

Mon Dieu, mon divin Maître,
Jésus, mon seul amour,
A vos pieds je veux être,
J'y fixe mon séjour.
En vain sur cette terre
J'ai cherché le bonheur,
Une tristesse amère
Seule a rempli mon cœur.

. . . .

N'avez-vous pas vos Anges
Aux sublimes ardeurs ?
Sur leurs blanches phalanges
Répandez vos faveurs !

Moi, pauvre pécheresse,
Je n'ai pas mérité
L'ineffable tendresse
De votre intimité.

JÉSUS

Bien plus haut que les Anges
Tu monteras un jour,
Ils diront tes louanges,
Envieront ton amour !
Mais il faut sur la terre,
Pour tes frères pécheurs,
Que, vivant solitaire,
Tu m'attires leurs cœurs.

MARIE-MADELEINE

C'en est trop, mon bon Maître,
Je me sens défaillir...
Que ne puis-je renaître
En ce jour, ou mourir !
Comprenez mes alarmes,
O Jésus, mon Sauveur !
J'ai fait couler vos larmes ;
Quelle immense douleur !

JÉSUS

Il est vrai sur ton âme
J'ai répandu des pleurs ;
Mais d'un seul trait de flamme
Je puis changer les cœurs,

Ton âme, rajeunie
Par mon regard divin,
Dans l'éternelle vie
Me bénira sans fin !

MARIE-MADELEINE

Jésus, votre amour même
Fait tressaillir mon cœur,
Votre bonté suprême
Augmente ma douleur ;
J'ai méconnu vos charmes,
Et, dans mon repentir,
Je n'ai plus que des larmes,
Seigneur, à vous offrir !

JÉSUS

Ces larmes précieuses
Brillent plus à mes yeux
Que les perles nombreuses
Qui scintillent aux cieux.
A l'étoile brillante
Rayonnant dans l'azur,
Je préfère l'amante
Au cœur devenu pur.

MARIE-MADELEINE

Du virginal cortège
Qui chante votre amour,

Le blanc manteau de neige
Brillera sans retour...
Moi, d'une triste vie,
Je vous offre la fin ;
Hélas ! Je l'ai flétrie
Encore à son matin !

JÉSUS

Si j'aime de l'aurore
Les purs et brillants feux,
Marie, ah ! j'aime encore
Un beau soir radieux.
Ma bonté sans égale
Placera le pécheur
Et l'âme virginale
Ensemble sur mon Cœur...

. . . .

Ce que j'aimais...

COMPOSÉ A LA DEMANDE DE SA SŒUR CÉLINE

Air : *Combien j'ai douce souvenance.*

Oh ! que j'aime la souvenance
Des jours bénis de mon enfance !
Pour garder la fleur de mon innocence,
Le Seigneur m'entoura toujours
D'amour.

Aussi, malgré ma petitesse,
A Dieu je donnai ma tendresse ;
Et de mon cœur s'échappa la promesse
D'épouser le Roi des élus,
JÉSUS !

J'aimais, au printemps de ma vie,
Saint Joseph, la Vierge Marie :
Déjà mon âme se plongeait ravie
Quand se reflétaient dans mes yeux
Les cieux !

J'aimais les champs de blé, la plaine,
J'aimais la colline lointaine ;
Dans mon bonheur, je respirais à peine,
En moissonnant avec mes sœurs,
Les fleurs.

J'aimais à cueillir les herbettes,
Les bleuets, toutes les fleurettes ;
Je trouvais le parfum des violettes
Et surtout celui des coucous
Bien doux.

J'aimais la pâquerette blanche,
Les promenades du dimanche,
L'oiseau léger gazouillant sur la branche,
Et le bel azur radieux
Des cieux.

J'aimais à poser chaque année
Mon soulier dans la cheminée ;
Accourant, dès que j'étais éveillée,
Je chantais la fête du ciel :
Noël !

De maman, j'aimais le sourire,
Son regard profond semblait dire :
« L'éternité me ravit et m'attire,
« Je vais aller dans le ciel bleu
« Voir Dieu !

« Je vais trouver dans la patrie,
« *Mes anges*, la Vierge Marie.
« De mes enfants que je laisse en la vie,
« A Jésus j'offrirai les pleurs,
« Les cœurs ! »

Oh ! que j'aimais Jésus-Hostie
Qui vint, au matin de ma vie,
Se fiancer à mon âme ravie !
Oh ! que j'ouvris avec bonheur
Mon cœur !

J'aimais encore, au belvédère
Inondé de vive lumière,
A recevoir les doux baisers d'un père,
A caresser ses blancs cheveux
Neigeux.

Sur ses genoux, étant placée
Avec Thérèse, à la veillée,
Je m'en souviens, j'étais longtemps bercée.
J'entends encor, de son doux chant,
L'accent.

O souvenir ! tu me reposes,
Tu me rappelles bien des choses...
Les repas du soir, le parfum des roses,
Les Buissonnets pleins de gaieté,
L'été.

A l'heure où tout vain bruit s'apaise,
J'aimai à confondre à mon aise
Mon âme avec celle de ma Thérèse ;
Je ne formais avec ma sœur
Qu'un cœur !

Alors nos voix étaient mêlées,
Nos mains l'une à l'autre enchaînées ;
Ensemble, chantant les noces sacrées,
Déjà nous rêvions le Carmel,
Le Ciel !

De la Suisse et de l'Italie,
Ciel bleu, fruits d'or, m'avaient ravie,
J'aimais surtout le regard plein de vie
Du saint Vieillard, Pontife-Roi,
Sur moi.

Avec amour je t'ai baisée
Terre sainte du Colisée !
Des catacombes la voûte sacrée
A répété bien doucement
Mon chant.

Mon bonheur fut suivi de larmes ;
Bien grandes furent mes alarmes !
De mon Epoux je revêtis les armes,
Et sa croix devint mon soutien,
Mon bien.

Alors j'aimais, fuyant le monde,
Que l'écho lointain me réponde ;
En la vallée ombragée et féconde
Je cueillais, à travers mes pleurs,
Les fleurs.

J'aimais, de la lointaine église,
Entendre la cloche indécise.
Pour écouter les soupirs de la brise,
Dans les champs j'aimais à m'asseoir
Le soir.

J'aimais le vol des hirondelles,
Le chant plaintif des tourterelles ;
Avec plaisir j'entendais le bruit d'ailes
De l'insecte au bourdonnement
Bruyant.

J'aimais la perle matinale
Ornant la rose de Bengale ;
J'aimais à voir l'abeille virginale
Préparer sous les feux du ciel
Le miel.

J'aimais à cueillir la bruyère ;
Courant sur la mousse légère,
Je prenais, voltigeant sur la fougère,
Des papillons au reflet pur
D'azur.

J'aimais le ver luisant dans l'ombre,
J'aimais les étoiles sans nombre...
Surtout j'aimais l'éclat, en la nuit sombre,
De la lune au disque d'argent
Brillant.

A mon père, dans sa vieillesse,
J'offrais l'appui de ma jeunesse...
Il m'était tout : bonheur, enfant, richesse ;
Ah ! je l'embrassais tendrement
Souvent.

Nous aimions le doux bruit de l'onde,
L'éclat de l'orage qui gronde ;
Le soir, en la solitude profonde,
Du rossignol au fond du bois
La voix.

Mais un matin son beau visage
Du Crucifix chercha l'image...
De son amour il me laissa le gage,
Me donnant son dernier regard :
Ma part !...

Et de Jésus la main divine
Prit le seul trésor de Céline,
Et, l'emportant bien loin de la colline,
Le plaça près de l'Eternel,
Au Ciel.

. . . .

Maintenant je suis prisonnière,
J'ai fui les bosquets de la terre,
J'ai vu que tout en elle est éphémère,
J'ai vu tout mon bonheur finir,
Mourir !

Sous mes pas l'herbe s'est meurtrie,
La fleur en mes mains s'est flétrie...
Jésus, je veux courir en ta prairie,
Sur elle ne marqueront pas
Mes pas.

Comme un cerf, en sa soif ardente,
Soupire après l'eau jaillissante,
O Jésus, vers toi j'accours défaillante :
Il faut, pour calmer mes ardeurs,
Tes pleurs...

C'est ton seul amour qui m'entraîne ;
« Mon troupeau je laisse en la plaine,
« De le garder je ne prends pas la peine »,
Je veux plaire à mon seul Agneau
Nouveau.

Jésus, c'est toi l'Agneau que j'aime ;
Tu me suffis, ô Bien suprême !
En toi j'ai tout : la terre et le ciel même ;
La fleur que je cueille, ô mon Roi,
C'est toi !

Jésus, beau lis de la vallée,
Ton doux parfum m'a captivée.
Bouquet de myrrhe, ô corolle embaumée,
Sur mon cœur je veux te garder,
T'aimer !

Toujours ton amour m'accompagne ;
En toi j'ai les bois, la campagne,
J'ai les roseaux, la lointaine montagne,
La pluie et les flocons neigeux
Des cieux.

En toi, Jésus, j'ai toutes choses,
J'ai les blés, les fleurs demi-closes,
Myosotis, boutons d'or, belles roses ;
Du blanc muguet, j'ai la fraîcheur,
L'odeur.

J'ai la lyre mélodieuse,
La solitude harmonieuse,
Fleuves, rochers, cascade gracieuse,
Le doux murmure du ruisseau,
L'oiseau.

J'ai l'arc-en-ciel, j'ai l'aube pure,
Le vaste horizon, la verdure ;
J'ai l'île étrangère et la moisson mûre,
Les papillons, le gai printemps,
Les champs.

En ton amour je trouve encore
Les palmiers que le soleil dore,
La nuit pareille au lever de l'aurore ;
En toi je trouve pour jamais
La paix !

J'ai les grappes délicieuses,
Les libellules gracieuses,
La forêt vierge aux fleurs mystérieuses ;
J'ai tous les blonds petits enfants,
Leurs chants.

En toi j'ai sources et collines,
Lianes, pervenche, aubépines,
Frais nénuphars, chèvrefeuille, églantines,
Le frisilis du peuplier
Léger.

J'ai l'avoine folle et tremblante,
Des vents la voix grave et puissante,
Le fil de la Vierge et la flamme ardente,
Le zéphir, les buissons fleuris,
Les nids.

En toi j'ai la colombe pure ;
En toi, sous ma robe de bure,
Je trouve joyaux et riche parure,
Colliers, bagues et diamants
Brillants.

J'ai le beau lac, j'ai la vallée
Solitaire et toute boisée ;
De l'Océan j'ai la vague argentée,
Perles, corail, trésors divers
Des mers.

J'ai le vaisseau fuyant la plage,
Le sillon d'or et le rivage ;
J'ai, du soleil festonnant le nuage,
Alors qu'il disparaît des cieux,
Les feux.

En toi j'ai la brillante étoile ;
Souvent ton amour se dévoile,
Et j'aperçois comme à travers un voile,
Quand le jour est sur son déclin,
Ta main !

O toi qui soutiens tous les mondes,
Qui plantes les forêts profondes ;
D'un seul coup d'œil, toi qui les rends fécondes,
Tu me suis d'un regard d'amour
Toujours !

J'ai ton Cœur, ta Face adorée,
De ta flèche, je suis blessée...
J'ai le baiser de ta bouche sacrée,
Je t'aime et ne veux rien de plus,
Jésus !

J'irai chanter avec les Anges
De l'amour sacré les louanges,
Fais-moi voler bientôt en leurs phalanges
O Jésus, que je meure un jour
D'amour !

Attiré par sa transparence
Vers le feu l'insecte s'élance ;
Ainsi ton amour est mon espérance,
C'est en lui que je veux voler,
Brûler...

Je l'entends déjà qui s'apprête,
Mon Dieu, ton éternelle fête !
Aux saules, prenant ma harpe muette,
Sur tes genoux je vais m'asseoir,
Te voir !

Près de toi, je vais voir Marie,
Les Saints, ma famille chérie !
Je vais, après l'exil de cette vie,
Retrouver le toit paternel
Au Ciel...

28 avril 1895.

TABLE DES MATIÈRES

Bar-le-Duc. — Impr. St-Paul. — 7660, 11, 23.

Je veux passer mon Ciel à faire du bien sur la Terre

www.ingramcontent.com/pod-product-compliance
Lightning Source LLC
LaVergne TN
LVHW020317230826
846091LV00003B/706

* 9 7 8 2 3 2 9 1 9 5 8 4 1 *